문 너머의 ───── 세계

扉の向う側

▪ 일러두기

– 이 책은 야마자키 마리의 《扉の向う側》(マガジンハウス, 2023)를 우리말로 옮긴 것이다.
– 책은 《 》, 신문·잡지·영화는 〈 〉로 표기했다.
– 옮긴이 주는 본문 하단에 각주로 표기했다.

문 너머의 ───────── 세계

扉　の　向　う　側

야마자키 마리 지음

송태욱 옮김

mujintree
뮤진트리

차례

카메오와 피렌체

　가게 이름은 '콸리아 에 포르테(quàglia è forte)', 직역하면 '메추리와 강함'이라는 뜻이다. 실제로는 '메추리 씨'와 '강함 씨'라는 두 성을 조합한 이름이다. 피렌체 시내의 관광 명소 중 하나인 '폰테 베키오'라는 오래된 다리 양쪽에는 작은 귀금속 가게들이 빼곡히 늘어서 있는데, 이 가게는 그 다리에서 피티 궁전 방향으로 이어지는 구이차르디니 거리에 있었다. 피렌체 미술 아카데미의 누드 데생과를 다니던 나의 통학로이기도 해서 일주일에 몇 번씩 걷는 거리였으나 그런 가게가 있다는 사실조차 모르고 있었다.

　폰테 베키오에 늘어선 가게들의 눈부시게 화려한 쇼윈도는 언제나 그곳을 오가는 사람들의 시선을 끌었지만, 가난한 유학생이었던 나는 피렌체 굴지의 관광 명소인 그 다리를 곁눈질도 하지 않고 건너곤 했다. 그날도 평소처럼 둥글게 만 데생 용지를 담은 통을 안

은 채 수업에 늦지 않으려고 서둘러 학교로 가고 있었다. 그런데 길가에 늘어선 가게 유리창 너머로 한 노인이 열심히 무언가를 조각하고 있는 모습이 불쑥 시야에 들어왔다. 그다지 크지도 않고 새로 리모델링한 흔적도 없는, 겸손하고 소박한 분위기의 그 가게가 있다는 걸 알아챈 것은 아카데미에 다니기 시작한 이후 그때가 처음이었다. 가게 입구 위에는 네오리얼리즘 영화에 나올 법한 고색창연한 간판이 있긴 했지만, 뭔가 다른 것을 보러 온 김에 우연히 발견하지 않으면 누구도 눈치채지 못할 정도로 소극적인 모습이어서 전혀 눈에 띄지 않았다. 아니, 눈에 띄게 하려는 의도가 아예 없는 것 같았다.

나는 문득 걸음을 멈추고 가게 쇼윈도 가까이 다가갔다. 쇼윈도에는 잔잔한 파도를 모방한 듯 베이지색 새틴 천이 깔려 있었고, 그 위에는 마치 해변에 밀려온 조개껍데기처럼 보이는 것들이 놓여 있었다. 그것들은 크기와 색이 다양한 카메오*들이었다. 옆에는 원형이 되는 큰 조가비에 직접 그리스·로마 신화의 모티프를 새긴 근사한 램프 두 개도 전시되어 있었다. 카메오 외에도, 지중해에서 채취한 붉은 산호를 장식한 조각 금속 공예품들이 진열되어 있었

---

* 조가비나 마노 등에 돋을새김을 한 장신구.

다. 모두 기품 있고 아름다웠다.

　안에서 작업 중이던 노인은, 가게 앞에 가만히 멈춰 서 있는 나를 힐끗 바라보더니 그대로 일어나 문의 자물쇠를 풀고 "좀 더 가까이서 보세요" 하며 환한 얼굴로 말을 걸어왔다. 이런 초라한 차림의 어린 외국인 미술 학생을 아무런 경계심 없이 보석을 다루는 가게 안으로 들어오라고 하다니, 하는 당혹스러움이 있었지만, 노인의 미소에 이끌리듯 나는 가게 안으로 발을 들여놓았다. 가게 안쪽에서 의자에 앉아 레이스를 뜨고 있던 백발의 부인에게 인사를 건네자 그녀는 다정하게 웃으며 "당신은 어느 나라에서 오셨어요?"라고 물었다. 그때 그녀는 손님일 리 없는 나에게 이탈리아어의 존칭용 인칭대명사인 'Lei'(당신)를 사용했다. 다소 거리감은 있지만 '너'보다 훨씬 더 존중의 의미가 담긴 대명사로, 나는 그때까지 누구에게도 'Lei'로 불린 적이 없었다. 나는 허리를 쭈욱 펴고, 최대한 정중한 말투로 "일본 사람입니다. 아카데미에 다니는 유학생입니다"라고 겨우 대답했다.

　"일본에서 왔다고요?" 노인은 깜짝 놀란 듯이 말했다. "이 아가씨는 그렇게 먼 데서 일부러 이탈리아까지 그림 공부를 하러 온 거군요. 대단하네요"라며 병 밑바닥처럼 두꺼운 안경 렌즈 너머로 환하게 웃었다. 이탈리아에 온 이후 처음으로 칭찬을 들은 나는 겸연쩍은 웃음을 감추지 못했다.

노인은 카메오 장인 포르테 씨였고, 그 가게의 공동 창업자 중 한 사람이었다. 또 한 명의 주인이었던 콸리아 씨는 이미 3년 전에 세상을 떠났는데, 두 사람 모두 나폴리 근교에 있는 카메오 명산지인 토레 델 그레코에서 종전 직후 피렌체로 와서 그 가게를 열었다고 한다.

"아가씨, 보세요. 우리 가게에 있는 것들은 모두 지중해산 재료로 만들어졌습니다. 수 세기, 아니 수십 세기 전부터 지중해 사람들에게 사랑받아온 것과 똑같은 걸 지금도 만들고 있지요. 멋지지 않나요?"

이렇게 말하며 그는 손에 쥘 수 있는 굵기의 나무 막대기와 그 끝에 밀랍으로 고정된 연한 갈색의 타원형으로 잘린 조개껍데기를 보여주었다. 조개의 흰 돌출 부분에는 하얗고 아름다운 여성의 옆모습이 새겨져 있었는데, 입가에는 부드러운 미소가 떠올라 있었다. 조개에서 여성이 떠오른 듯한 신비로운 인상이 느껴졌다. 카메오라는 것을 처음 봤다고 하자, 포르테 씨는 자랑스러우나 매우 정중한 말투로 "이 기법도 고대 그대로입니다"라고 말했다.

"창 너머로 데생 용지 통을 들고 있는 당신을 보고, 그림을 배우고 있다는 걸 바로 알았습니다. 저는 장인이지만, 고대의 아름다움을 추구하기 위해 피렌체로 이주했다는 점에서는 당신과 같은 표현자입니다."

피렌체로 이주한 표현자라는 말은, 그림이라는 앞이 보이지 않는 길을 선택하고 고뇌해온 나를 따뜻하게 감싸주었다. 주름진 부부의 온화한 얼굴을 바라보며, 지금은 힘들어도 그 너머가 있다는 희망이 피어났다.

포르테 씨 부부가 너무나 친절하게 대해 주어서 그 후에도 학교에 갈 때마다 유리창 너머로 인사를 건넸고, 일본에서 온 손님이 늘어나자 가끔이라도 좋으니 가게에서 아르바이트를 해달라는 부탁까지 받았다. 아마도 당시 나의 경제적 어려움을 눈치챘을지도 모르지만, 어디까지나 일본어를 하고 미술사 지식을 그곳에서도 활용할 수 있다는 이유에서였다. 카메오라는 예술적 취향의 보석을 다룬 경험은 이후 내가 고대 로마에 흥미를 갖게 된 계기가 되었음은 틀림없다.

눈부시게 아름다운 폰테 베키오를 건너 그 거리에 당도하여 부인이 만든 부드러운 파도 같은 실크가 깔린 쇼윈도를 본 관광객 중에는 "다리 위에서 눈부시게 빛나는 돌과 금을 잔뜩 본 뒤에 고대의 카메오나 산호 세공을 보면 마음이 편안해져요"라고 심경을 털어놓은 사람도 있었던 것 같다. 만약 이 가게가 르네상스 전성기에 존재했다고 해도, 들어오는 손님 중에는 아마 같은 말을 한 사람이 있었을 것이다. 그때 포르테 씨가 "카메오는 지중해의 은혜와 우리 장인의 기술이 하나가 된, 고대로부터 이어진 유일무이한 보물이며 예술 작품이니까요"라는 자신만의 결정적 대사를 던지면, 손님은 그 순간 손에 든 카메오에서 시선을 떼지 못하게 되는 것이다.

'콸리아 에 포르테'의 카메오는 포르테 씨가 세상을 떠난 후에는 물론 더이상 제작되지 않았다. 대체 얼마나 많은 사람이 이들이 조각한 카메오를 손에 넣었는지는 알 수 없지만, 세계 곳곳의 사람들 손에 그것이 있다는 것은 분명하다. 얼마 전 어머니의 유품을 정리하다가 귀금속을 넣은 케이스 안에서 포르테 씨가 조각한 카메오가 나왔다. 어머니는 반짝이는 보석을 싫어했지만, 사진을 보니 이 카메오 브로치는 아무래도 꽤 자주 착용한 모양이었다.

지금은 기억 속에서밖에 찾아갈 수 없게 되어버린 그 가게와의 만남도 지금의 나를 형성한 아주 소중한 요소 중 하나였다고 나는 확신하고 있다.

이탈리아인의 멋에 대한 의식

　지금으로부터 20년 전, 피렌체에서의 11년 생활에 일단 마침표를 찍고, 두 살 된 아들을 데리고 둘이서 일본으로 돌아왔다. 그 후 나는 대학에서 이탈리아어를 가르치기도 하고 텔레비전 방송국에서 여행 리포터를 하기도 하는 등, 어쨌든 내가 할 수 있는 일이라면 무엇이든 손을 댔다. 혼자 힘으로 아이를 키우겠다고 결심한 이상, 어떤 일이든 도전하겠다는 각오였다. 그 당시 일본에서는 이탈리아 문화와 언어를 알고 있다는 것이 여기저기서 환영받고 있었다. 이탈리아어 강좌를 열기도 하고, 맨션이나 레스토랑에 붙일 이탈리아어 이름을 골라주기도 했다. 이탈리아에서 페트병 재활용 공장 기계가 도입되면, 담당 이탈리아인 엔지니어의 통역도 맡았다. 어쨌든 '이탈리아'라는 이름이 붙은 일이라면 폭넓게 도전했다. 하지만 매일 머리카락을 휘날리며 생업과 육아에 몰두하던 내 모습

ELEGANZA ITALIANA

은, 일반 사람들이 상상하는 '이탈리아 귀국자'의 분위기와는 거리가 아주 멀었다.

당시 나는 친구에게 물려받은 중고 카롤라를 타고 다녔는데, 어느 날 가는 길에 지인을 태우기로 해서 약속한 건물 정문 앞에 차를 세웠다. 그런데 그곳에 서서 거리를 바라보고 있던 지인은 바로 앞에 멈춰 선 내 차를 쳐다보려고도 하지 않았다. 창문을 열고 이름을 부르자 그제야 나를 알아보고 조수석에 올라탔는데, 지인 말로는 빨간 알파로메오가 마중 나올 거라고 믿고 있었다는 것이다.

"제발 그러지 좀 마. 내가 어떻게 빨간 알파로메오를 탄다고 생각해?"라고 따지자, 지인은 "그래도 이탈리아에서 돌아왔다면 보통은 알파로메오잖아"라며 뜻밖이라는 표정을 지었다. "이탈리아를 좋아하는 주변 사람들은 다 빨간 알파로메오야. 아무리 좋아해도 페라리는 못 사니까"라며 웃었다. 이탈리아 관련 일을 한다고 하면 빨간 알파로메오에 옷은 아르마니, 가방은 구찌, 신발은 페라가모 식의 표면적인 이미지가 일본에 생각보다 깊고 넓게 퍼져 있다는 사실에 나는 크게 당황했다.

나라고 멋에 무관심했던 것은 아니다. 피렌체에 살던 시절에는 브랜드 의류 셀렉트숍에서 일한 적도 있고, 패션 잡지의 화보 사진을 보는 것도 무척 좋아했다. 일본에서 온 무역상들의 통역 일을 하며 피렌체의 토르나부오니 거리에 늘어선 고급 브랜드 매장에 자주 드나들기도 했다. 그래서 유행에 대해선 의도치 않게 민감해졌던 면이 있었다. 다만 패션에 대한 그런 호기심은 어디까지나 백과사전적인 지식으로 있었을 뿐 구매 욕구로는 전혀 연결되지 않았다.

패션뿐만 아니라 그 외의 측면에서도 일본에서 이탈리아에 대한 표면적인 이미지의 횡행에는 여전히 이질감을 느낀다. 이탈리아라고 하면, 눈부시게 빛나는 태양, 밝고 쾌활하며 인정 많은 사람들. 가족이 커다란 테이블을 둘러싸고 앉아 와인을 마시며 즐기는 성대한 식사, 그 후의 우아한 낮잠. 일보다 가족과의 시간을 중시하는 생활 대국. "좋겠다, 이탈리아의 생활. 음식도 맛있고, 다들 멋지고, 쾌활하고, 아 부러워" 하고 중얼거리는 말을 들으면, 머릿속에서 아드레날린이 분비되어 멈추지 않을 때가 있다. 그런 꿈의 세계에 사는 사람인 듯한 이탈리아인은, 피렌체 시절에도, 그리고 이탈리아인 가족이 있는 현재에도 내 주변에는 존재하지 않기 때문이다. 옷차림도 그렇다. 모두가 패션에 관심이 있는 것은 아니다. 남성들이 (일본도 그렇겠지만) 입는 옷이나 신발은 대부분 아내가 고른 것이다.

그렇다 해도 이탈리아인에게는 근본적으로 DNA 차원에서 색채에 대한 심미안이 있는 듯하다. 어느 시골이라도, 길을 걷거나 공원에 모여 있는 아저씨들을 보면 옷차림에 전혀 신경 쓰지 않는 듯하면서도 은근히 좋은 색으로 잘 맞춰 입은 걸 느낄 수 있다.

하지만 일본의 남성 패션 잡지에서 소개하는 스타일리시한 이탈리아 남성을 그렇게 어디에서나 흔하게 볼 수 있는 건 아니다. 내가 사는 파도바에서도, 가끔 일본 잡지가 이탈리아 중년 남성 모델을 써서 소개한 것처럼 힘을 준 옷차림으로 거리를 걷는 사람이 보이기는 한다. 하지만 그런 차림의 남성이 지나가면 주변 사람들이 모두 경의를 표하고, 가족 식사 자리의 화제가 되는 것은 필연적이다. 우리 친척이라면 "대체 저런 옷차림을 갖추는 데 비용이 얼마나 들까, 낭비벽이 있겠는데 저런 남자가 좋은 남편이 될 수 있을까?" 같은 멋없는 대화로 이어질 게 뻔하다.

피렌체에서의 학창 시절에 현지 귀족 혈통 가문 출신인 친구가 있었다. 하지만 그녀도 그녀의 어머니도 겉모습은 지극히 소탈했고, 브랜드 제품은커녕 이탈리아 부인의 상징이라 할 수 있는 귀금속도 거의 착용하지 않았다. 타고 다니는 차도 오래된 낡은 피아트였고, 옷차림은 대체로 색이 바랜 청바지에 셔츠, 브랜드 제품이 아닌 단순한 스니커즈가 기본이었다. 요컨대 그들 모녀는 내면에서 흘러나오는 뭐라 말할 수 없는 지성과 기품만으로도 충분히 우아했다.

그 모녀가 한 번 일본에 놀러 왔을 때, 내 어머니에게 신세를 진 감사의 뜻으로 에밀리오 푸치의 화려한 대형 스톨을 선물한 적이 있었다. 그것을 본 내 어머니가 "어머, 이렇게 멋진 스카프, 나 같은 늙은이에게는 아까워요!"라고 감탄하자, 친구의 어머니는 "아니에요. 이런 건 우리 정도 나이에 더 잘 어울리는 거예요. 아까운 건, 이런 걸 아무것도 모르는 젊은 사람이 갖는 거지요" 하며 미소를 지었다. 어머니는 그 부인의 말에 깊은 감명을 받아, 오래도록 그 스톨을 애용했다.

내가 알고 있는 이탈리아인의 멋이란 바로 그런 것이다.

교통수단 안에서의 만남

　교통수단 안에서 우연히 알게 된 사람이 자기 인생에 생각지도 못한 전개를 가져다주는 경우가 있다. 지금까지 내 인생에서도 기묘한 인연이라 할 만한 교통수단 안에서의 만남이 몇 차례 있었다. 무엇보다 지금 내가 이렇게 이탈리아에 사는 것도, 35년 전 브뤼셀에서 파리로 가는 열차 안에서 만난 한 이탈리아 노인이 계기가 되었다.

　그때 나는 열네 살이었고, 한 달에 걸쳐 프랑스와 독일을 혼자 여행하는 중이었다. 각 지역에 사는 어머니의 친구 집을 방문하는 것이 목적이었기에, 혼자가 되는 시간은 이동 중과 일본에 귀국하기 전 사흘간 파리에 체류할 때뿐이었다. 그렇다 해도 여행자가 낯선 땅에서 가장 긴장하는 순간은 역시 장거리 교통수단을 이용할 때일 것이다. 독일 북부의 도시에서 파리로 가기 위해 브뤼셀 중앙역에

내렸을 때 내 얼굴에는 틀림없이 불안한 기색이 드러나 있었을 것이다. 아마도 그 때문이었는지, 열차 안에서 말을 걸어온 그 이탈리아 노인은 나를 완전히 가출 소녀라고 단정하고 있었다. 플랫폼에서 나를 본 순간부터 누군가에게 끌려가지나 않을까 계속 신경 쓰고 있었다고 한다. 내 편에서 보면 오히려 그 노인이야말로 수상한

인물이었지만, 부랴부
랴 내 여행의 의도와
루브르 미술관을 보고
귀국할 예정이라는 내
용을 서툰 영어로 더
듬더듬 전하자, 그의
얼굴은 단숨에 불만으
로 가득해졌다. 그리고
다소 강한 어조로 "서
양 미술에 흥미가 있
다면 왜 이탈리아로
오지 않았느냐, 한 달
이나 시간이 있었으면
서"라고 말하고는, 이

어서 "무릇 모든 길은 로마로 통한다는 말을 모르는 것이냐"라며 다소 과장된 한숨을 내쉬었다.

그 며칠 뒤 무사히 귀국한 나는, 일본에 도착했다는 소식을 "네 어머니가 나한테 보내주었으면 한다"는 노인의 요청대로, 걱정을 끼쳐드렸다는 취지의 간단한 편지를 영어로 써서 이탈리아로 보내

주라고 어머니에게 부탁했다. 곧 노인에게서 답장이 왔는데, 어쩐 일인지 그 편지를 계기로 어머니와 그는 펜팔 친구가 되어버렸다.

마르코라는 이름의 그 노인은 이탈리아 북부에서 도자기 공장을 운영하고 있고, 자신도 도예가였다. 게다가 바이올린 연주도 즐겼고, 전쟁 중 인도에서 포로가 되었을 때는 동료들

을 모아 오케스트라를 조직했던 일까지 편지에 장황하게 써 보냈다. 그것이 노인과 마찬가지로 전쟁 체험자이자 음악이라는 표현을 생업으로 삼고 있는 어머니의 호기심을 자극한 듯했다.

고등학생이 된 직후, 진로 담당 교사에게 "그림은 취미로만 해야 한다"는 강력한 설득을 당하게 되었을 무렵, 어머니가 학교를 쉬고 한 번 이탈리아에 가보는 게 어떻겠냐고 권유했고, 나는 어쩐지 그 말에 이끌려 이탈리아로 향했다. 나에게 학교를 그만두고 이탈리아로 유학을 떠나라고 제안한 사람은 마르코였다. 이탈리아에 도착한 나는 우선 마르코가 사는 마을로 옮겼고, 이후 잠시 지역 화실에 다니다가 그의 권유로 피렌체 미술학교에 입학하게 되었다.

피렌체로 옮긴 뒤에는 기차 요금조차 감당하기 어려운 궁핍한 생활이 시작되었고, 마르코와도 완전히 소원해지고 말았다. 하지만 어머니와 마르코 간의 교류는 그가 세상을 떠날 때까지 이어졌다. 그리고 한참 뒤 어머니의 소개로 나는 마르코의 손자를 알게 되었고, 결국 그와 결혼하기에 이르렀다.

그 1년 후, 우리는 남편이 유학하고 있던 이집트 카이로에서 결혼식을 올리고 시리아 다마스쿠스로 이주했다. 그 후에는 포르투갈 리스본에 집을 사서 살았다. 그러나 갑작스럽게 시카고 대학에서 박사 과정을 이수하게 된 남편은 우리를 리스본에 남겨둔 채 홀로 미국으로 떠나게 되었다. 그 배경에는 그의 어머니가 프랑스에서 이탈리아로 가는 비행기 안에서 옆자리에 앉은 미국인 여성과 친해졌고, 시카고에서 교사로 일하던 그 여성의 강력한 추천으로 내 남편이 여러 후보지 중 시카고 대학을 선택하게 된 사정이 있었다. 2년 뒤에는 나와 아들도 시카고로 옮겨가 3년을 보냈고, 아들은 결국 현지 고등학교를 졸업한 뒤에도 미국을 떠나지 않고 하와이 대학에 진학했다. 모든 것은, 시어머니가 비행기에서 시카고에서 온 그 여성과 만나지 않았다면 일어나지 않았을 일이다.

이런 일도 있었다. 피렌체에 유학하던 중 일본으로 돌아오는 비행기에서 옆자리에 앉은 일본인 부부와 친해져 일본에 머무는 동안 몇 번 만난 적이 있었는데, 가난하고 바쁜 생활에 치이다 보니 어느새 연락이 끊어졌다. 그로부터 20년 이상이 흐른 뒤 나는 만화가가 되었고, 내 작품이 이탈리아에서 번역된 것을 계기로 루카라는 도시에서 열린 만화 축제에 참여하게 되었다. 그곳에서 그동안 연락이 끊겼던 그 부부와 20년 만에 재회한 것이다. 이 축제의 메인 게스트로 초청된 이가 만화가 다니구치 지로(谷口ジロー) 씨였는데, 그 부부의 남편은 내가 비행기에서 알게 되었던 당시 다니구치 씨의 《도련님의 시대》*라는 책의 편집자였다. 그 부부와의 재회를 계기로 나는 다니구치 지로 씨와도 친분을 쌓게 되었고, 일본에 귀

국해서는 여러 번 함께할 기회가 있었다. 일본에서 만화의 실사 영화화에 따른 문제로 지쳐 만화를 그만두고 싶어졌을 때도, 다니구치 씨가 조용히 격려해주신 덕분에 나는 지금까지 만화를 계속 그릴 수 있었다. 안타깝게도 몇 년 전 다니구치 씨는 세상을 떠났지만, 루카에서 그 부부와 재회하지 않았다면 내가 다니구치 씨와 친구가 되는 일도 없었을 것이다.

이 밖에도 교통수단 안에서 만난 사람과의 잊을 수 없는 에피소드는 많다. 하지만 이제는 예전과 달리 장거리 비행기에는 좌석마다 영화를 볼 수 있는 화면이 달려 있고, 책이나 전자기기로 얼마든지 시간을 보낼 수 있기에, 굳이 옆자리나 앞자리 사람과 말을 섞는 일은 거의 없어졌다. 그래도 완전한 우연 속에서 만나게 되는 타인이라는 존재는, 낯선 땅으로의 여행과 마찬가지로 자신의 인생관이나 삶의 방식을 바꿀지도 모르는 요소를 품은 미지의 장대한 세계 그 자체라는 사실을, 내 인생을 돌아보며 통감하게 된다.

• 세키카와 나쓰오(글), 다니구치 지로(그림), 오주원 옮김, 《도련님의 시대 1~5》, 세미콜론, 2012~2015.

아르노 강변 뒤편의 여치

　피렌체 아카데미에 다니던 시절, 수업이 끝나면 시내에 넘쳐나는 관광객들을 피해 일부러 멀리 돌아 아르노 강변 길을 따라 집으로 돌아가곤 했다. 일본은 당시 거품 경제가 한창이었고, 피렌체라는 도시는 일본인 단체 관광객을 비롯해 세계 각국에서 찾아온 여행자들로 끊임없이 붐볐다. 춥든 덥든 계절을 가리지 않고 전 세계에서 르네상스의 자취를 찾아 모여든 사람들로 언제나 활기가 넘쳤다. 며칠이라는 한정된 시간 안에 가이드북에 소개된 명소들을 가능한 한 많이 보려는 의욕으로 충만한, 들뜨고 즐거워하는 여행자들 사이를 비집고 걸을 때면 문득 나는 왜 이런 관광지에 살고 있는 걸까, 하는 의문이 떠오르곤 했다.

　가족과 지인의 권유로, 본격적인 회화 공부를 하려면 여기밖에 없다는 생각에 피렌체로 이주한 것은 열일곱 살 때였다. 그 후 몇 년간은 일본에 가지도 않고, 내 DNA와는 전혀 인연이 없는 이 도시에 적응하기 위해 그저 필사적으로 하루하루를 보냈다. 관광객처럼 즐거운 기억만 간직한 채 본국으로 돌아가는 것은 이미 허락되지 않는다는 자각이 어깨를 무겁게 짓눌렀다.

그날은 그때까지 계속되던 작렬하는 여름 햇살이 드디어 누그러지고, 올려다본 하늘은 어린 시절을 보낸 홋카이도의 하늘만큼이나 끝없이 높고 투명한 파란색이었다. 저 높이 희미하게 걸린 비늘구름이 다소 가을 기운을 암시하고 있었다.

초록빛으로 굽이치는 잔잔한 강물을 곁눈질하다 보니 곧장 집으로 돌아가기에는 아쉬운 마음이 들었다. 한때 그 일대에 살았다고 전해지는 보티첼리와 그의 가족이 묻혀 있는 오니산티 성당의 파사드를 마주한 강가에서 낚시하는 부자의 모습이 눈에 들어왔다. 도시 전체가 사람들의 시선에 노출된 하나의 구경거리 같은 피렌체 시내에서, 그렇게 생활감이 묻어나는 사람의 모습이 왠지 반갑고 안도감을 주었다.

강을 따라 있는 담 너머에서 익숙한 소리가 들려왔다. 강가의 풀숲 어딘가에 숨어 있던 여치가 힘차게 울고 있었다. 이탈리아에 와서 처음 들은 여치의 날갯소리였다. 나는 담 아래를 내려다보며 그 소리가 나는 쪽을 뚫어지게 바라보았다. 물론 여치의 모습이 보일

리는 없었지만, 나는 그런 자신의 행동 자체도 포함하여 예전에 홋
카이도에 살던 무렵, 짧은 봄과 여름 내내 벌레를 찾아 헤매던 나
날, 시간만 나면 들판이나 숲에서 보내던 어린 시절을 떠올리고 있
었다. 남편을 잃은 어머니는 오케스트라 단원이어서 집에 있는 시
간이 거의 없었다. 늦은 밤까지 어머니를 기다리던 내 외로움을 달

래주던 것이 곤충의 날갯소리였다.

피렌체에 살기 시작한 뒤 나는 이 나라의 언어뿐 아니라 미술과 역사를 학습하고, 이탈리아인의 종교관과 윤리, 그리고 그들의 습관을 배우며, 이탈리아 사람들이 먹는 음식을 매일 먹고, 어떻게든 나 자신 안에서 이방인이라는 짐을 최대한 덜어내려 애썼다. 그러던 나는 아르노 강가에서 들려오는 그리운 여치의 날갯소리에 온몸이 풀어지는 듯한 기분을 느꼈다. 인연도 연고도 없는 땅에 와버렸다는 당혹감과 두려움을 떨쳐내려 안간힘을 쓰던 내게, 여치는 멀리 떨어져 있는 일본을 불러와 주었고 하루하루의 긴장과 고독에서 나를 구해준 듯했다.

그 날갯소리는, 아직 피렌체 사람들은 느끼지 못했을 여름의 끝을 알리고 있었다. 벌레 소리로 계절의 변화를 민감하게 감지하는 것은, 곤충이 사람들의 생활과 문화에 깊이 관여하는 일상에서 살아온 일본인의 특징일지도 모른다. 내가 부자연스러운 자세로 담장 아래를 내려다보고 있는 것이 신경 쓰였는지, 지나가던 부인이 "무슨 일이에요?" 하고 물었다. 영어를 사용한 것으로 봐서 아마 관광객이었을 것이다. "벌레의 날갯소리예요"라고 대답하자, 그녀는 그 말의 의미를 이해하지 못한 듯 의아한 표정을 지으며 잠시 나처럼 담 너머를 내려다보다가 아무 말 없이 자리를 떠났다.

이탈리아인인 내 남편 역시 벌레라는 생물에 특별한 감정을 갖지 않았다. 오히려 전혀 관심이 없다고 해도 좋을 정도다. 내가 가끔 곤충 도감을 열심히 들여다보고 있으면, "당신은 참 이상한 것에 관심이 있다니까"라며 소름이 돋는다는 듯 두 팔을 문지르는 시늉을 한다. 이탈리아에서는 가을벌레의 날갯소리를 일본인처럼 여치, 솔귀뚜라미, 방울벌레 등의 것으로 구분하지 않는다. 모두가 똑같이 '귀뚜라미'라는 고유명사로 뭉뚱그려진다. 각각의 소리가 미묘하게 다르니 잘 들어보라고 여러 사람에게 귀 기울이게 해봤지만, 관심을 보이는 것은 어린아이들뿐이었다.

그러던 어느 날, 남편이 퇴근길에 아름다운 유리 세공 같은 실잠자리를 길가에서 발견했다며 집으로 들고 온 적이 있었다. "당신, 이런 거 좋아하잖아"라며 무덤덤하게, 아직 살아 있는 듯 보이는 실잠자리를 내 손바닥에 올려주더니 "가만 보니 예쁘네"라고 중얼거렸다. 이 나라에서 계속 이방인으로 남을 수밖에 없는 내가 자란 나라의 감성을, 뜻밖의 순간에 사소한 것일지라도 이 땅의 사람으로부터 존중받는 것은 역시 기쁜 일이다.

토끼 스튜와 우푸파의 나날

    파도바에 살게 된 이후로, 근처에 맛있는 식당이 있고 또 남편의 본가가 가까이에 있다는 이유로 나는 좀처럼 요리를 하지 않게 되었다. 하지만 며칠 전 문득 생각이 나서, 피렌체에서 유학하던 시절 함께 살던 학생에게 배웠던 토끼 스튜를 만들기로 했다. 요리라고는 하지만 그리 손이 많이 가는 것도 아니고, 정육점에서 토막 내온 토끼 고기를 올리브유와 토마토, 고추와 함께 졸여내는 간단한 요리였다.

    오랜만에 만든 것치고는 제법 맛있게 만들어져서, 남편과 나는 순식간에 해치워 버렸다. 토끼 한 마리의 절반만 사용했으니 둘이 먹기에는 조금 부족했을지도 모른다. 고기 육즙과 함께 졸여진 토마토소스를 빵으로 열심히 닦아 먹는 남편의 모습에서 예전에 내 토끼 요리를 칭찬해주던 사람들의 얼굴이 떠올랐다.

"마리의 토끼 스튜는 최고야." 사람들 앞에서도 그렇게 극찬해주던 이는, 그 시절 나를 많이 돌봐주었던 고령의 작가 피에로 산티와 그의 파트너인 아르헨티나 출신의 시인 세르히오 미란다였다.

이 두 사람은 피렌체 시내의 오래되고 조용한 바르디 거리에서 '우푸파'라는 화랑 겸 서점을 운영하고 있었다. 운영한다고 해도 사업이라기보다는, 피에로의 연금과 피렌체의 문화인들이 모아주는 소소한 기부로 간신히 유지되는 문예 살롱 같은 모임 장소였다. 그래도 출판사로서 여러 책과 도록을 내기도 했고, 소규모지만 정기적으로 전시회도 열었다. 내가 드나들던 1980년대는 물론, 1960년대나 1970년대에도 이탈리아 전역의 저명한 문인들이 찾았던 문화 교류의 장으로 나름 알려져 있었다. 참고로 '우푸파'란 피렌체의 상징이었던 '후투티'라는 새를 의미하는데, 노벨문학상 수상자이자 피에로 산티의 친구였던 시인 에우제니오 몬탈레의 시 〈시인을 헐뜯는 유쾌한 새〉에서 유래한 이름이었다.

나는 당시 함께 살던 시인과 일주일에 몇 번이나, 거의 매일일 정도로 이곳 우푸파를 찾았다. 이곳에 오면 풍부한 지식과 교양을 쌓을 수 있고, 내 생각에 대한 그들의 신랄한 비판은 확실히 다음 창작의 밑거름이 되었다. 인생의 단맛과 쓴맛을 다 겪고 비뚤어지기도 체념하기도 겸손하기도 제멋대로이기도 한, 그중 적어도 한

가지에는 해당하는 나이 지긋한 예술가나 문학인들과 함께하는 시간은, 대학 같은 교육기관에서 얻는 것보다 훨씬 더 살아 있는 교양을 내게 안겨주었다.

가끔 밤늦은 시간까지 논의가 뜨거워지면, 세르히오가 누군가 가져온 재료로 간단한 파스타를 만들어 우리 앞에 내놓곤 했다. 대개는 비용이 그리 들지 않는 마늘과 고추, 올리브유로만 버무린, 일본과 비교하자면 가케우동 같은 소박한 요리였다. 하지만 이 꾸밈 없는 파스타가 가슴에 스며들 듯 맛있었다. 누군가 가져온 키안티 와인을 투박한 유리컵에 따라 모두가 조금씩 나눠 곁들이며 한밤중에 먹는 파스타의 맛은 내 안에 깊이 새겨졌다. 우푸파에서는 모두가 배고픈 줄도 모르고 이야기에 열중했기에, 그 파스타가 더욱 맛있게 느껴졌는지도 모른다.

우푸파에서 늘 신세만 지는 것 같아 나는 어느 날 피에로와 세르히오를 집으로 초대해 칼라브리아 출신 친구에게 배운 토끼 스튜를 만들었다. 두 사람은 호들갑스러울 만큼 맛있다는 말을 연발했고, 나는 그 뒤로도 여러 번, 때로는 그들의 집에서, 때로는 우푸파에서 토끼 스튜를 대접했다. 당신은 사회 정세도 잘 모르고, 인간도 잘 모른다. 사상이 없으니 그림도 시시하다. 내 작품에 대해 이렇게 가차 없는 비판을 퍼붓던 그들이 내 토끼 스튜에 대해서는 '세계

최고'라는 평가를 준 것이다.

그렇게 세월이 흐르면서 우푸파에 드나들던 고령자들은 다양한 이유로 하나둘 서서히 모습을 감추었고, 피에로도 내가 처음 만난 지 5년 후 겨울에 병으로 세상을 떠났다. 피에로의 연금이 유일한 수입원이었던 세르히오에게는 우푸파를 혼자 꾸려나갈 힘이 없었고, 화랑은 결국 문을 닫았다. 우리가 밤마다 파스타와 내가 만든 토끼 스튜를 먹으며 열띤 토론을 벌이던 공간은 순식간에 미용실인가 뭔가로 바뀌어 버렸다. 큰 정신적 타격을 입은 세르히오가 외로움과 삶의 고단함을 토로하는 전화를 몇 차례 했고, 그때마다 나는 토끼 스튜를 만들어줄 테니 우리 집에 오라고 했으나 이내 연락이 끊겼다. 얼마 뒤 그가 아르헨티나로 돌아갔다는 소문이 들려왔다.

맛의 기억은 때로 글이나 영상보다 선명하게 되살아날 때가 있다. 25년 만에 다시 만든 토끼 스튜에는 결코 잊히지 않는 특별한 추억의 맛이, 피에로와 세르히오 등이 맛있어하던 표정과 함께 또렷하게 배어 있었다.

뚱보 마리아

쿠바섬의 최서단에는 마리아 라 고르다(뚱보 마리아)라는 이름의 해변이 있다. 아바나시에서 차로 7시간, 좋은 차로 가면 더 일찍 도착할 수도 있겠지만, 당시 쿠바에는 전쟁 전후에 생산된 미국산 자동차나 소련제 라다 정도밖에 없었고, 우리가 마리아 라 고르다까지 타고 간 차도 녹슨 고물차였다.

지금으로부터 20여 년 전, 나는 유학하고 있던 이탈리아에서 자원봉사를 위해 쿠바 아바나로 가서 잠시 머물렀다. 사회주의 체제 붕괴의 여파로 가혹한 경제 봉쇄에 처해 있던 이 나라에서, 나는 사탕수수를 베거나 초등학교에 문구류를 나눠주는 일을 하며 지냈다. 한 달 반쯤 걸려 해야 할 일에 전념한 뒤, 자원봉사 동료들과 모처럼의 기회이니 쿠바를 떠나기 전에 위로연을 열자는 이야기가 나왔다. 그때 홈스테이 주인이 제안해준 곳이 바로 '뚱보 마리아'였다.

'뚱보 마리아'는 예전에 카리브 해적들의 기항지였다. 이 색다른 지명의 유래도, 옛날 해적에게 약탈당하고 버려진 한 여성에서 비롯되었다고 한다. 외국인 관광객이 찾아오는 일은 드물었고, 있다 해도 침몰선을 찾으러 온 유별난 다이버 정도였다. 홈스테이 주인 자신도 가본 적 없다는 '뚱보 마리아'에 대해 얻을 수 있는 정보는 매우 제한적이었지만, 우리의 마음을 들뜨게 하기에는 충분했다.

이른 아침 아바나를 출발해 실컷 길을 헤매다 마침내 그곳에 도착했을 때는 해가 진 직후였다. 가는 길에 사탕수수 다발을 실은 소달구지에 한 손을 대고 페달도 밟지 않은 채 자전거를 타고 가던 소년에게 길을 물었더니, 그때까지의 게으른 모습과는 달리 온몸에 땀을 흘리며 자전거로 앞장서 달리며 우리를 안내해주었다. 드디어 자전거 소년 앞으로 이미 해가 졌는데도 놀랄 만큼 투명한 바다가 펼쳐졌을 때, 우리 모두의 입에서 저절로 감탄사가 터져 나왔다. 우리는 나흘간의 휴가 동안 이곳에서 아무것도 하지 않고 지내기로 했다. 가끔 눈앞의 바다에 뛰어들고, 숙소 주인이 잡아다 주는 바닷가

재를 숯불에 구워 먹고, 밤이면 해변에서 럼주를 마시며 낡은 카세
트 데크에서 흘러나오는 로스 반 반의 연주에 맞춰 살사를 췄다. 그
춤의 원 안에 어느새 구릿빛 피부의 젊고 눈길을 끄는 한 여성이

Maria La Gorda CUBA

섞여 있었다. 붙임성이 좋고 춤도 잘 춰서 금세 우리와 어울렸지만, 어디에서 온 누구인지는 알 수 없었다. 처음에는 숙소 종업원인 줄 알았으나 곧 근처 다른 숙소에 묵고 있는 외국인 관광객의 동행이라는 사실을 알게 되었다. 그녀는 우리가 머무는 동안 매일 밤 홀로 나타나 함께 담소를 나누고 술을 마시고 실컷 춤을 추고는 자신의 잠자리로 돌아갔다.

"그 애는 아바나에서 온 창녀야." 그녀가 떠난 뒤, 곁에 있던 쿠바인 친구가 담담하게 말했다. "임신했대. 아직 열여덟 살밖에 안 됐는데." 잠시 찡그린 그의 표정은, 당시 쿠바에서 그녀 같은 경우가 결코 드문 일이 아님을 말해주었다. 돈이 없어도 행복하다며 들떠 있는 건 우리 같은 외국인뿐이었고, 많은 현지인들은 하루하루 생계를 위협하는 궁핍에서 벗어나기 위해 몸부림치고 있다는 사실을 새삼 깨달았다.

마지막 날 밤 다시 나타난 그녀에게 이름을 묻자 "마리아 테레사"라고 대답하더니, 갑자기 큰 소리로 혼자 하하하 웃었다. 살짝 불룩한 배를 내밀며 "이곳에 딱 맞지 않아요? 뚱보 마리아라니" 하고 자랑스러운 표정을 지었다. 그녀의 배가 살이 찐 것이 아니라는 걸 알고 있던 우리는 웃으려야 웃을 수가 없었고, 그 기묘한 우연에 가만히 입을 다물었다.

다음 날 아침, 마리아 테레사는 아바나로 돌아가는 우리를 배웅하기 위해 평소와 달리 아침 일찍 일어나 나와 주었다. 그녀의 동행자는 끝내 한 번도 모습을 드러내지 않았지만, 그녀가 그 며칠 동안 우리와 함께 즐겁게 지냈다는 사실은 분명한 것 같았다. 우리 모두는 "신의 가호를"이라고 말하며 그녀를 안아준 후 차에 올랐다. 떠나는 차의 백미러에 비친, 파랗게 빛나는 카리브해를 배경으로 언제까지나 손을 흔들고 있는 어딘가 쓸쓸한 그녀의 모습은, 그 자리에 있던 우리 모두의 마음속에 쿠바에서의 인상적인 추억으로 오래도록 새겨졌다.

리스본의 이웃

    지금으로부터 15년 전 초여름, 우리 가족 세 명은 다마스쿠스에서 데려온 반려묘와 가재도구, 책, 옷가지로 가득 찬 짐을 중고 란치아 자동차에 꾸역꾸역 싣고, 이탈리아 북부에 있는 남편의 본가에서 약 3,000킬로미터 떨어진 리스본까지 사흘에 걸쳐 이동했다. 도착하자마자 곧바로 살 집을 찾아야 했다. 여름 휴가철이 시작되면 부동산 중개소들이 일제히 문을 닫아버리기 때문에, 그 전에 이사할 집을 구해야 했던 거였다.

    고양이를 포함한 가족 전원이 호텔 생활에 지쳐가던 무렵, 마침내 '여기다' 싶은 집을 만났다. 우리 부부가 경애하는 시인 페르난두 페소아(Fernando Pessoa, 1888~1935)가 살았던 지역에 있는, 지은 지 80년 된 4층짜리 목조 모르타르 건물이었다. 거주민이 모두 여덟 가구라 했는데, 겉보기에는 도저히 그렇게 많은 사람이 사는 것 같지 않았다. 부동산 중개인은 "연로한 독신자나 어린 자녀가 있는 젊은 부부들이에요"라고 거주민들을 잘 아는 듯한 어조로 설명하며, 원래는 조그만 진료소였다는 3층의 집으로 우리를 안내했다.

포르투갈 특유의 둥글게 휘어진 모서리 방에는 따뜻한 햇볕이 들어왔고, 리모델링한 지 얼마 안 된 듯 새 나무 냄새가 좋은 인상을 주었다. 오래되고 좁은 테라스에서는 앞으로 아이가 다니게 될 근처 공립 초등학교와 중학교의 정문도 보였다. 창문으로 들어오는 바람에 은은한 바다 내음이 실려 오는 것도 리스본다워 기분이 상쾌했다. 우리는 직감에 따라 그 집으로 이사하기로 했다.

하지만 집을 구했다고 해서 바로 생활을 시작할 수 있는 것은 아니었다. 부동산 중개인의 주선으로 계약은 서둘러 마쳤고 열쇠도 받았지만, 하필 바캉스 시즌에 들어서서 수도와 가스는 신청했으나 바로 연결되지 않았다.

우리는 그 집에서 생활을 시작하는 데 필요한 최소한의 물건을 들여오고 각종 절차를 밟느라 분주한 나날을 보냈다. 그러던 어느 날 집 앞에 물이 가득 담긴 대야와 양동이가 줄지어 놓여 있었다. 그것을 보고 놀라고 있으니 우리가 들어온 것을 알았는지, 맞은편 아파트 문이 열리며 예리하고 사납고 시원시원하고 가냘픈 아저씨가 모습을 드러냈다. "물 못 써서 불편하시죠?"라며 다가온 그는,

부동산 중개인에 따르면 건물의 거주민 중 한 사람인 '나이 지긋한 독신자' 아메리고였다.

아메리고는 그 집에서 태어나 50년간 줄곧 그곳에서 살아온, 이른바 건물의 주인 같은 존재였다. 노모는 근처에서 혼자 사는데도 매일 아들의 저녁 식사를 준비하러 아메리고의 집으로 왔다. 아메리고는 리스본 시청에 근무하는 공무원이었는데, 병 밑바닥 같은 두꺼운 안경과 덥수룩한 수염 탓에 쉽게 다가가기 어려운 인상이었다. 만날 때마다 늘 포르투갈이 안고 있는 사회 문제를 이것저것 이야기하며, 이 나라가 외부인이 생각하는 만큼 결코 살기 좋은 곳은 아니라고 넌지시 말하곤 했다. "당신들은 괴팍한 시인 페소아를 좋아한다니, 포르투갈을 조금은 다른 시각으로 보실지도 모르겠네요"라며 미소를 지었지만, 포르투갈에 대해 말하는 아메리고의 말에는 아첨이나 거짓이 전혀 없었다. 아마도 그 집합주택 안에서도 특이한 존재임을 추측할 수 있지만, 이상하게도 우리 고양이는 아메리고를 유난히 잘 따랐다. 문을 열면 재빨리 그의 집으로 들어가 한참 동안 돌아오지 않는 날도 있었다. 아메리고는 우리 가족이 리스본에서 처음 사귄, 고집이 세지만 친절한 친구였다.

그런 아메리고에게는 오랫동안 사귀고 있는 여성이 있었다. 그 여성을 계단 등에서 스친 적은 있지만, 그들이 함께 살고 있다는 기

Campo de Ourique   LISBOA

색은 없었다. 가끔 근처 커다란 바니안나무가 있는 공원 벤치에서 쓸쓸히 책을 읽고 있는 그녀를 본 적도 있지만, 결코 젊지 않은 아메리고가 철저히 혼자 살기를 고집하는 이유를 나는 알 수 없었다.

아메리고는 병을 앓고 있었다. 늘 괴로운 듯 기침을 하면서도 매일 발코니에서 담배를 피웠다. 남편이 아메리고에게 "왜 몸에 해로운 걸 알면서도 담배를 끊지 않습니까?"라고 강하게 말한 적도 있었다. 그러자 아메리고는 '아, 자네도 같은 소린가' 하고 말하려는 듯 체념한 표정으로 고개를 저으며 "그냥 내버려 두게"라고 대답하고는 집 안으로 들어가 버렸다. 포르투갈 남성들은 같은 라틴 민족이지만 이탈리아인이나 스페인인에 비해 훨씬 보수적이고 고집스러운 면이 있는데, 그 점에서는 어딘가 일본 남자와 공통점이 있다. 좀처럼 속을 터놓지 않을 뿐 아니라 모든 것을 겉으로 표현하지도 않는다. 결국 아메리고의 곁에 마음껏 머무는 걸 허락받은 존재는 우리 고양이뿐이었다.

그 집에서 7년쯤 살았던 우리 가족은 그 후 미국 시카고로 옮겼고, 리스본 집은 가끔 아메리고에게 살펴달라고 부탁했다. 3년 전 실로 오랜만에 돌아왔을 때, 아메리고는 이미 병상에 누워 있었고, 어머니와 연인이 교대로 간병하고 있었다. 무척 야위어 더욱 작아진 아메리고는 우리를 보자 환하게 웃으며 "고양이는 잘 있나?"라고 물었다. 고양이는 이미 몇 년 전에 죽었지만, 남편은 반사적으로 "네, 잘 있습니다"라고 거짓말을 했다. 그로부터 얼마 지나지 않았을 때 아메리고가 세상을 떠났다는 소식이 들려왔다.

아메리고가 세상을 떠난 뒤에는 그의 어머니가 그 집에 살게 되었다. 작년에 다시 리스본을 찾았을 때, 거리에서 마주친 그녀는 주름투성이의 얼굴로 "내가 가족 중에서 제일 건강해요. 정말 짜증난다니까요"라며 힘없는 웃음을 지었다. "추억뿐인 곳에 계속 사는 건 괴롭지만, 그 집은 내 인생 그 자체이니 끝까지 지켜야지, 어쩌겠어"라고 말하며 정어리 꼬리가 삐져나온 장바구니를 들고 돌아서는 그녀의 굽은 등 뒤로 저녁 무렵의 오렌지색 엷은 빛이 하늘하늘 흔들리고 있었다.

나의 아름다운 도시, 나폴리

몇 해 전, 일흔 살이 된 시아버지가 처음으로 친구들과 시칠리아 여행을 가게 되었을 때, 집안은 작은 소동으로 들썩였다. 50년 전 시어머니가 처음 시칠리아를 방문했을 때 타고 있던 차가 몸체만 남아 있고 모든 부품이 사라졌더라는 이야기를 온 가족이 귀에 못 박히도록 들어왔는데, 그 에피소드가 또다시 반복된 것이다.

반대로 이탈리아 남부 사람들에게도 이탈리아 북부에 대한 나름의 시각이 있다. 내 친구 미리암은 이탈리아 반도의 '발뒤꿈치'에 해당하는 풀리아주 출신인데, 30년 인생에서 로마 북쪽으로는 한 번도 가본 적이 없다고 했다. 연구자로서 학회 참석차 세계 곳곳을 돌아다니면서도, 정작 자신이 사는 이탈리아의 로마 이북은 거의 모른다는 것이다.

이탈리아 남부 사람들은 북부 사람들이 자신들의 지역을 어떻게 보는지 잘 알고 있다. 남부에 만연하는 범죄 조직에 대해 북부 사람들이 불안과 두려움을 품고 있다는 것도, 남북을 갈라놓으려는 의도를 가진 '북부연합' 같은 정당의 지지율이 낮지 않다는 것도 알고 있다. 그런 인식이 북쪽으로의 여행 의욕을 꺾는 요인이 되기도 할 것이다.

그렇다고 해서 모든 이탈리아 북부 사람들이 남부를 그렇게 보는 것은 아니다. 북부 출신과 남부 출신이 결혼해 사는 경우도 주위에 꽤 있고, 남부의 매력에 사로잡혀 오히려 시칠리아나 풀리아로 이주하는 사람도 있다. "돈벌이에만 몰두해 인간다움이 사라져가는 북부 생활은 이제 지긋지긋하다. 아이는 따뜻한 사람들이 있는 곳에서 키우고 싶다!"라며 아내의 고향인 시칠리아의 시골로 돌아가 B&B *를 시작한 친구도 있었다.

나 역시 이탈리아 북부에 살고 있지만 친구 중 상당수는 남부 출신이고, 개인적으로도 남부에 자주 간다. 이탈리아에는 레프레체라는 고속열차가 남북의 도시 간을 운행하고 있어, 비행기를 타지 않고도 나폴리 같은 남부 도시까지의 이동이 무척 편해졌다.

나폴리 하면 떠오르는 일이 있다. 예전에 취재차 방문한 이 도시

• bed and breakfast. 아침식사가 딸린 숙박 시설.

에서 우리가 탄 택시 운전사가 갑자기 일정한 금액만 내면 온종일 나폴리 주변 어디든 데려다주겠다며, 부양할 아이가 많으니 꼭 도와달라는 듯 간청한 적이 있었다. 순간적으로 택시를 잘못 탄 게 아닌가 당황했지만, 동행한 사람이 "이런 것도 가끔은 나쁘지 않지,

좋은 경험이 될 거야"라고 해서 그의 제안을 받아들이기로 했다.

그는 운전하는 내내 자신이 태어난 나폴리의 아름다움을 열정적으로 이야기했다. 그러면서 관광 명소라고는 할 수 없으나 나폴리에서의 멋진 추억을 만들어주기 위해서라며 원래 계획에 없던 몇몇 장소로 우리를 안내했다. 그가 아내와 첫 데이트를 했다는 공원에서는 우리와 함께 차에서 내려, 프로 복서를 꿈꿨지만 결국 택시 운전사가 될 수밖에 없었던 사연을 들려주었다. 아내와 아이들의 얼굴을 떠올리면 아무리 힘들어도 열심히 해야 한다는 생각이 든다며 자신의 가족 이야기를 하는 그의 눈은 금방이라도 눈물이 쏟아질 듯 촉촉해져 있었다.

그런 그가 하루 일정을 마감하는 곳으로 선택한 장소는 나폴리만과 베수비오 화산이 훤히 내려다보이는 고지대였다. 벌겋게 물든 석양의 하늘, 멀리 파랗게 안개에 싸인 베수비오 화산, 그리고 그 위에는 보름달이 붙여놓은 듯이 떠 있었다. 그림엽서 같은 데서 보는 것보다 훨씬 드라마틱하고 숨이 막힐 만한 장관이었다. 우리와 나란히 서서 그 경치를 본 운전사는 자기도 모르게 두 팔을 벌리며 "자, 보세요, 이게 나폴리입니다. 이게 바로 나폴리예요. 너무 아름다워서 눈물이 나지 않습니까. 나는 이 도시를 평생 버리지 않을 겁니다"라고 칸초네의 한 구절 같은 말을, 잘난 체하지 않는 낭랑한 목소리로 입에 담았다. 달빛을 받으며 눈에서 흘러내린 굵은 눈물이 자꾸만 볼을 따라 발밑에 뚝뚝 떨어졌다. 확실히 이런 사람은 북부에서는 좀처럼 보기 힘들다. 작별 인사를 나눌 때, 어디에 사느냐고 물어와서 파도바에 산다고 하자 그는 "북부로군요. 성실한 사람들뿐인 도시는 재미없겠지요"라고 했다. 그는 대답을 망설이는 내 어깨를 툭 치며 "농담이에요, 농담. 어떤 도시든 다 좋은 점이 있는 법이죠. 나폴리밖에 모르는 내가 말해봤자 설득력은 없겠지만요" 하고 멋대로 대화를 마무리 짓고는, 어딘가 미덥지 않다는 듯한 얼굴에 싱긋 미소를 지으며, 아이들이 기다리는 집으로 돌아갔다.

연애는 살아가는 힘이다

리우데자네이루에 사는 미술평론가인 친구 카를루스는 곧 일흔을 맞이하는 삶 동안 네 번의 결혼을 했다. 〈이파네마의 소녀(Garota de Ipanema)〉를 비롯해 수많은 보사노바 명곡의 가사를 쓴 외교관 비니시우스 지 모라이스(Vinicius de Moraes, 1913~1980)는 무려 아홉 번의 결혼을 했으니, 그에 비하면 네 번은 대수롭지 않은 일일지도 모른다. 하지만 브라질 남자들이 겉으로는 귀찮은 일은 피하고 대충 넘길 것처럼 보이지만, 그들의 숨겨진 연애 파워는 깊이를 알 수 없을 만큼 깊다.

내가 처음 카를루스를 만난 것은, 그가 네 번째 아내가 될 밀레나와 막 사귀기 시작한 무렵이었다. 밀레나는 신진 주얼리 디자이너이자 두 아이를 키우는 싱글맘이었다. 겉으로는 당당하고 자유롭게 사는 여성의 결기가 느껴졌지만, 나와 단둘이 있을 때 그녀는 카를루스가 좀처럼 결혼을 결심하지 않는다며 불만을 털어놓았다. 카를루스는 헤어진 세 명의 아내들과도 여전히 교류를 이어가고 있었는데, 그것이 밀레나는 못마땅한 것이다. 특히 첫 번째 아내는 문화인류학자로서 아마존에 살고 있었는데, 가끔 리우데자네이루에 오면 카를루스의 집에서 묵어간다고 했다. 내가 아무렇지 않게 그 이야기를 꺼내자, 카를루스는 "동성애자라고 고백하고 나와 헤어진 여자한테 설마 미련이 있겠어?"라며 웃어넘겼다. 밀레나도 그 사실을 알고 있었지만, 전처가 레즈비언이라는 사실이 질투를 없애주는 이유가 되지는 않았다. 밀레나에게는 좋아하고 사랑하면 그다음은 결혼이라는 것이 연애에서의 당연한 순서였다. 확실히 카를루스는 사생활보다 일을 우선시했고, 여성에게 세심한 배려를 하는 유형으로도 보이지 않았다. 아마도 이전 세 번의 이혼도 그런 점이 원인이었을 것이다.

어느 해 초봄, 밀레나와 함께 리우데자네이루의 카니발을 보러 갔을 때의 일이다. 리우데자네이루 태생이면서도 축제와 삼바를 혐오하는 카를루스는 카니발에 동행하지 않고, 대신 새벽에 축제가 끝나는 때에 맞춰 그 근처까지 우리를 데리러 오겠다고 했다. 그런데 퍼레이드가 끝난 새벽 다섯 시, 약속 장소에서 기다리고 있어야할 그의 차가 보이지 않았다. 여러 번 전화 끝에 간신히 연결된 그

"Amar não é infinito,
Infinito é a capacidade de amar" Vinicius de Moraes

는 작업실에서 잠들어 있었다고 했다. 게다가 너무 졸려 운전할 수
가 없으니 지금은 도저히 나올 수 없다는 말에 밀레나의 분노가 폭
발했다. 한 시간 넘게 기다린 끝에 겨우 택시를 잡아 카를루스의 집
에 도착했을 때는 아침 여덟 시가 지나 있었다. 택시 안에서 밀레나
는 오로지 "여자를 사랑하는 남자의 태도가 아니야"라고 울먹이며
목소리를 높였고, 현관에 나온 카를루스의 얼굴을 보자마자 "당신

같은 남자는 최악이야!"라고 쏘아붙인 뒤, 대기하던 택시를 타고 곧장 일터로 가버렸다. 카를루스는 "최악이라, 아마 내 인생에서 가장 많이 들은 말일 거야. 하하하"라며 기운 빠진 듯이 웃었지만, 개선할 줄 모르는 자신을 자각한 남자의 허무함에 휩싸인 채 혼쭐난 아이 같은 얼굴로 한동안 그 자리에 멍하니 서 있었다.

그로부터 얼마 지나지 않아 밀레나가 드디어 혼인신고를 했다는 소식을 전해왔다. 일단 다행이라며 안도한 것도 잠시, 그다음 해에 이번에는 카를루스가 "다시 혼자가 되어버렸어. 밀레나한테 이미 다른 남자가 있어. 나는 이제 다시는 연애를 하지 않겠다고 굳게 다짐했어"라는 메일을 보내왔다. 그날 다툼의 현장을 지켜본 나로서는 충분히 예상 가능한 결말이었지만, 일단 상심한 카를루스에게는 그저 흔해 빠진 위로의 말밖에 건넬 수 없었다.

그러고 나서 몇 달 뒤, 카를루스가 딸이 아이를 낳았다는 기쁜 소식을 전해왔다. 게다가 그 와중에 자신에게도 새로운 만남이 있었다는 것이다. "좋은 만남은 자신이 행복할 때 찾아온다"는 격언 같은 한마디에 실소가 터졌지만, 브라질 남자의 꺾이지 않는 연심을 새삼 통감하지 않을 수 없었다.

아들의 친구

　남편이 갑자기 미국 시카고 대학에서 연구를 하고 싶다는 말을 꺼냈을 때, 나는 상당히 당황했다. 물론 우리 가족은 그동안 여러 나라를 전전하느라 국경을 넘는 이사에 익숙했지만, 당시 살고 있던 포르투갈 리스본은 너무나도 편안했고, 현지 중학교에서 친구들과 매일 즐겁게 지내는 아들을 생각하니 좀처럼 남편의 제안에 동의할 수 없었다.

　결국, 남편이 먼저 시카고에서 생활을 시작했고, 우리는 2년 후 아들이 중학교를 졸업하자 포르투갈을 떠났다. 새로운 보금자리는 시카고 시내에 있는 60층짜리 고층 맨션의 50층이었다. 창밖으로는 미시간호와 고층 빌딩들의 스카이라인이 한눈에 들어왔다. 리스본의 소박한 목조 주택과는 너무도 다른 환경에 나도 아들도 위축될 수밖에 없었다. 그런 생활 환경도 그렇지만, 무엇보다 충격적이었던 것은 아들이 다니게 된 학교였다.

아들이 편입한 곳은 공립 고등학교의 인터내셔널 바칼로레아, 줄여서 IB라고 하는 특별 코스였다. 여러 나라로 옮겨 다녀서 다국어를 구사할 수 있고, 포르투갈에서 수학 올림피아드 리스본 대표로 참가한 경험이 주목을 받아 그 코스에 들어갈 수 있었던 것이다. 그런데 그곳 학생들은 리스본의 학생들과는 전혀 달랐다. 그들 대부분은 명문대 진학을 목표로 매일 공부에 매달려 있었고, 십대다운 청춘을 만끽하는 모습은 전혀 없었다. 학부모 모임에 나온 부모들은 자녀의 미래와 대학 진학 시의 경제적 부담에 대한 불안 때문인지 굳은 표정으로 교사의 말에 귀를 기울이고 있었다. 아들은 어떻게든 그런 환경에 적응하려 애썼지만, 과제가 너무 많아 매일 3시간 남짓밖에 자지 못했고, 어떤 과목은 점심시간에도 수업을 들어야 했다. 남편은 남편대로 대학에서의 업무가 힘들다고 한숨을 내쉬었고, 나 역시도 다섯 편의 만화 연재에 치여 지쳐 있었다. 매일 수면 부족에 시달리느라 아침 식탁에 멍하니 앉아 있는 아들을 보다 못해 "그렇게 힘든 학교라면 그만둬버려"라고 소리친 적도 여러 번 있었다. "그래서 미국에 오고 싶지 않았던 거야"라고 불만을 토로하며 남편과 다투기도 했다.

그러던 어느 날, 아들이 처음으로 학교에서 사귄 친구를 집에 데

Jake e Persu

려왔다. 키가 크고 수줍음이 많으면서도 예의 바른 그 아이의 이름은 제이크였다. 아들과 마찬가지로 카메라에 관심이 있어 금세 의기투합했다고 한다. 공부에만 파묻혀 있던 아들도 제이크를 만나면서 비로소 마음을 열었고, 둘은 자주 함께 시간을 보냈다. 선천적으로 몸이 약해 결석이 잦았던 제이크 역시 적극적으로 친구를 사귀는 성격은 아니었는데, 학부모 모임에서 만난 그의 어머니는 상냥한 표정으로 "드디어 마음이 맞는 친구가 생겨 기쁘다"며 내게 미소 지었다.

둘은 모두 이공계여서 공학부를 지망했는데, 작은 목조 다리 모형을 만드는 수업 과제를 짝을 이뤄 수행했다. 서로의 집을 오가며 과제를 완성했는데, 높은 점수를 받지는 못했지만 실패할 때마다 아쉬워하거나 웃으며 몇 번이고 다리를 다시 만들던 두 아이의 모습을 나는 안도하는 마음으로 바라보고 있었다.

고등학교를 졸업하고 제이크는 그 지역 공과대학에, 아들은 하와이 대학에 진학했다. 그 후로도 둘은 이메일로 소식을 주고받았는데, 어느 날 아들이 바다 사진을 보내자 제이크가 'Beautiful'이라는 답을 남긴 것을 끝으로 연락이 끊겼다. 아들은 대학 생활이 바쁘기도 했고 제이크에게 드디어 여자친구가 생겼겠거니 하며 대수롭지 않게 여겼다. 그러나 나중에야 제이크가 지병 악화로 세상을 떠났다는 사실을 알게 되었다.

하와이에서 그 슬픈 소식을 전하는 아들의 목소리는 담담했다. 이미 큰 감정의 파도가 지나서였을지도 모른다. 나는 매일 아침 맨션의 창으로 바라보던 안개 속 시카고의 스카이라인을 떠올렸다. 마음의 여유를 잃었던 그 시절, 차갑고 표면적인 그 도시의 풍경은 그저 불쾌하게만 느껴졌었다. 하지만 그 도시에서 나고 자라 너와 친구가 되어주었던 제이크가 있었기에 우리 가족은 어떻게든 버틸 수 있었던 거야,라고 아들에게 전했다. 그러자 잠시 침묵하던 아들은 "그렇긴 하지"라고 조용히 대답했다.

버스 정류장의 여성

 십 대 후반의 어느 날, 학교에서 집으로 돌아가기 위해 버스를 기다리고 있는데, 갑자기 뒤에서 "미술학교 학생이에요?"라는 영국식 영어가 들려왔다. 돌아보니, 백발의 보브컷에 손뜨개질을 한 듯한 숄을 두른, 키가 크고 고상한 분위기의 여성이 서 있었다. 어느 학교에 다니는지 물어올 줄 알았는데, 그녀는 다짜고짜 "당신, 소중했던 내 친구를 닮았어요"라고 말을 이어왔다. 그때는 나도 놀라 "네?" 하고 작은 소리를 냈다. "길 건너에서 당신이 이쪽으로 건너오는 모습을 봤을 때, 너무 닮아서 놀라 걸음을 멈추고 말았어요" 하며 그녀가 내 눈을 똑바로 바라보며 부드럽게 미소 지었다.

 어떻게 대응해야 할지 몰라 일단 "그 친구분이 동양인이었나요?"라고 물어보니, "아니요. 나와 같은 영국인이었어요. 당신처럼 그림을 공부했지요"라고 대답했다. 내가 그리 딱딱하게 대하지 않아 안도했는지, 안경 너머의 파란 유리구슬 같은 눈이 반짝였다. 곧 내가 기다리던 버스가 도착했고, 그녀도 말없이 함께 올라탔다.

"닮은 건 얼굴이 아니에요. 당신이 풍기는 분위기가 닮았어요." 그녀는 손잡이를 잡고 버스의 흔들림에 몸을 맡긴 채 중얼거렸다. "키, 표정, 걸음걸이. 그녀 역시 당신처럼 어두운색 옷을 입곤 했어요." 하고 기억을 더듬으며 창밖을 바라보고 있었다.

세 번째 정류장에서 버스가 멈추자, 그녀는 갑자기 무언가에 깨어난 듯 "미안해요, 갑자기 말을 걸어서"라고 사과하며, "이런 나한테 친절하게 대해줘서 고마워요"라는 말을 남기고 서둘러 버스에서 내렸다. 그녀가 나를 바라보지도 않고 빠른 걸음으로, 버스가 왔던 길로 걸어가는 모습이 버스 유리창 너머로 보였다. 무섭지는 않았지만, 주위까지 감염시킬 듯한 쓸쓸함을 휘감고 있는 여성이었다. 그 후에도 내 머릿속에서는 '이런 나한테'라는 말이 한동안 떠나지 않았다.

그다음 주 같은 시간, 같은 버스 정류장에서 나는 다시 그 여성을 만났다. 그녀는 "계속 기다렸어요"라고 말하며 손가방에서 작은 꾸러미를 꺼냈다. "런던의 과자예요. 집 근처에 있는 가게에서 산 건데, 괜찮으면." 그리고는 다른 손으로 내 손을 잡고 그 꾸러미를 쥐여주며 잠깐 손을 꼭 쥐었다. "혹시 시간이 되면, 저기 바에서 차

한잔하지 않겠어요?"

내가 바로 대답하지 못하자 그녀의 얼굴은 금세 슬퍼졌다. 친구와 분위기가 닮았다는 것만으로 나와 그렇게 가까워지고 싶어지는 걸까. 그 속내를 알 수 없었지만 나는 그녀에게 상처를 주고 싶지 않아 살짝 고개를 끄덕였고, 우리는 버스 정류장 옆에 있는 허름한 바의 플라스틱 의자에 앉아 음료를 주문했다.

내가 탈 예정이던 번호의 버스가 몇 대쯤 지나갔을 때, 그녀는 다시 손가방에서 오래된 수첩을 꺼내더니 그 안에 끼워둔 흑백 사진을 내 앞에 놓았다. 무성한 나무 아래 벤치에 앉아 있는 두 명의 여고생쯤 되어 보이는 소녀들 사진이었다. 라파엘 전파의 그림처럼 보였다.

"이 아이가 당신을 닮았다는 제 친구예요." 그녀는 벤치에 앉아 있는 찡그린 얼굴의 소녀를 가리켰다. 아무리 봐도 나와 닮아 보이지 않았다.

"그녀는 피렌체를 무척 동경했어요. 보티첼리의 〈봄〉을 보고 싶다고 했지요. 언젠가 함께 가자고 약속했는데. 하지만 어느 날 갑자기 사라져버렸어요." 혼잣말처럼 말하는 그녀의 목소리에서는 과거를 생각하는 슬픔 같은 것은 느껴지지 않았다. 그녀가 피렌체에 있는 것도 아마 그 친구와 했던 약속을 지키기 위해서일지 모르지만,

그런 설명은 하지 않았다. 그녀는 작은 커피잔에 남은 식은 커피를 다 마시고는 깊은 한숨을 내쉰 뒤, 사진을 내려다본 채 작은 목소리로 말했다. "그 친구는 제 연인이었어요." 하늘로 향한 파란 눈동자가 살짝 젖어 있었다. 내가 미처 대답을 하기도 전에 그녀는 자리에서 일어나 서둘러 계산을 마친 뒤, 버스 정류장으로 돌아가 "친절하게 대해줘서 고마워요"라는 지난번과 같은 말을 남기고 사람들의 시선을 피하듯이 빠른 걸음으로 그 자리를 떠나갔다. 키가 큰 그녀의 백발이 관광객 인파에 휩쓸린 후에도 오랫동안 내 시야에 남아 있었다.

버스 안에서 받은 꾸러미를 열어보니, 토끼 무늬가 새겨진 작은 깡통 안에는 쇼트브레드가 들어 있었다. 그 후로 그 버스 정류장에서 다시 그녀를 만나는 일은 없었다.

외할머니의 비밀, 어머니의 사랑

외할머니가 돌아가신 건 내가 열세 살이던 해 여름방학 때였다. 어머니는 여동생을 데리고 소속된 오케스트라의 연주 여행을 떠나 있었고, 나는 홀로 집을 지키고 있었다. 갑자기 외할아버지가 전화를 해왔는데, 평소와 다름없는 스러질 듯한 부드러운 목소리로 "오늘, 미치에가 세상을 떠났으니 료코한테서 연락이 오면 그렇게 전해주렴"이라고 말씀하셨다. 외할아버지의 온화한 목소리는 슬픈 것인지, 아니면 긴 투병 끝에 가까스로 고통에서 해방된 아내를 위로하는 마음인지 분간할 수가 없었다.

그날 밤, 어머니에게 전화를 걸어 외할머니가 돌아가셨다고 전하자 "그래, 알았어"라고 별로 슬퍼하는 기색도 없이 말하는 것이 수화기 너머로 들려왔다. 그리고 "고마워"라는 말을 덧붙였다. 무엇이 고맙다는 걸까. 전화를 끊고 가만히 식탁 의자에 앉아 생각하다

보니, 외할머니와의 기억이 차례로 파도처럼 밀려와 눈물이 흘러내렸다.

그로부터 며칠 뒤, 도쿄에 있는 외가에서 치러진 외할머니의 장례식에 참석했다. 연미복 차림의 외할아버지는 장례식장 맨 앞자리에 허리를 곧추세우고 앉아 있었다. 할머니가 오랫동안 편찮으셨던 탓인지, 참석한 친척이나 지인들 중 호들갑스럽게 슬퍼하는 이는 보이지 않았다. 나는 관 속에 누운, 한결 작아진 외할머니를 바라보며, 오래전 여름날 마당 매화나무에 매달린 매미를 맨손으로 잡아 "마리야, 이거 봐"라며 내게 건네주시던 모습을 떠올렸다.

장례식이 끝난 직후, 어머니가 "마리, 이리 와봐"라며 내게 부산하게 손짓을 하더니 '기쿠오 씨'라는 남자를 소개했다. "이분은 말이야, 우리가 구게누마에 살 때 옆집에 사셨던 분인데, 신세를 참 많이 졌어"라고 말하는 어머니의 목소리가 다소 들떠 있었다. 키가 크고 자세가 반듯하며 기품이 있는 기쿠오 씨는 나를 보자 "료코에게 이렇게 큰 따님이 있다니" 하며 놀라워했다.

이슬람 문화 연구자로서 늘 실크로드와 중동을 여행했다는 기쿠오 씨는, 옛날에 옆집에 사는 연하의 여학생이던 어머니에게 책을 많이 권해주던 사람이었다. 어머니가 열중했던 전후 프랑스 영화들도 대부분 그가 극장으로 데려가 보여주었던 모양이다. 어머니의

책장에는 기쿠오 씨가 선물했다는 도스토옙스키의 《카라마조프가의 형제들》 번역본이 여전히 꽂혀 있었다. 아마 젊은 시절 어머니에게 기쿠오 씨는 동경의 대상이었을 것이다.

그로부터 몇 년 뒤 기쿠오 씨도 세상을 떠났다는 소식을 피렌체에 머물고 있던 어머니에게서 들었다. 어머니는 감회 어린 표정으로 말했다. "그래, 벌써 석 달쯤 됐을까. 그래서 말인데, 전쟁 중에 기쿠오 씨와 함께 찍은 가족사진이 있었던 것 같아서 오이즈미의 친정 창고에 있던 앨범을 뒤져봤어. 그런데 어찌 된 일인지, 기쿠오 씨 사진이 한 장도 없는 거야. 이상할 정도로, 단 한 장도."

"왜요?"라고 묻자, 어머니는 "글쎄다"라며 일단 시치미를 떼며 대답하고 나서 "아마 외할아버지가 버리셨을 거야"라고 목소리를 낮춰 덧붙였다. 상상력이 왕성하던 나는 어렴풋이 사정을 짐작하고 "엄마, 기쿠오 씨를 좋아했던 거지?"라고 묻자, 어머니는 "좋아했어"라고 곧바로 대답했다. 하지만 외할아버지가 두 사람의 관계를 반대했나 보네, 라고 말하려던 순간, 어머니는 다시 목소리를 낮추어 말을 막았다. "하지만 기쿠오 씨가 좋아했던 건 내가 아니라 외할머니였어." "외할머니?" "그래. 내 어머니 말이야."

제2차 세계대전이 발발했을 무렵, 외할아버지는 은행원으로서 몽골에 파견되어 2년간 집을 비웠다고 한다. 그러던 어느 날, 어머니가 학교에서 집에 돌아와 보니 현관에 옆집에 사는 대학생 기쿠오 씨의 구두가 나란히 놓여 있었다. 살짝 열린 거실의 미닫이문 너머로, 기모노를 걷어 올리고 뭔가에 부딪혀 멍든 허벅지를 기쿠오 씨에게 보여주고 있는 외할머니의 모습이 보였다. "내 착각이었을지도 모르지만, 그래도 깜짝 놀랐어" 하고 어머니는 마치 괴담이라도 들려주는 듯한 어조로 말을 이었다. "그 뒤에 기쿠오 씨 가족이 갑자기 이사를 가버렸어. 이유는 알려주지 않았고. 그래서 역시 뭔 일이 있었던 게 아닐까 싶었어." 평소답지 않게 조용한 목소리로 말하는 어머니에게 나는 순간적으로 "너무 깊이 생각하는 거 아니에요?"라고 강하게 반응했지만, 오래된 기억에 사로잡혀 있는 어머니에게 내 말은 닿지 않은 듯했다. 어머니는 창밖으로 이어진 붉은 지붕들을 바라보며 한동안 말없이 그대로 앉아 있었다.

안토니아와 마리아

　시어머니의 어머니인 안토니아는 나를 이탈리아로 초대한 마르코 할아버지의 아내이자 그녀의 고향인 노베 마을에서 처음으로 '이혼'을 감행한 여성이었다. 이혼 후 안토니아는 조상 대대로 내려온 오래된 단독주택에서 혼자 살았는데, 건강이 안 좋아져서 결국 딸의 집으로 이사했다.

　90대 중반이 되어도 동작은 여전히 민첩하고 에너지가 넘쳤으며 심심할 때면 마을 누군가에 관한 최신 소문이나 바람기 많았던 전 남편 마르코에 대한 험담에 열을 올렸다.

　어느 날 시부모님이 친구들을 초대해 저녁 식사를 함께한 자리에서도 마르코에 대한 안토니아의 비난은 멈추지 않았다. "이미 돌아가신 분이잖아요, 그만 용서해드리세요"라고 딸이 말려도, 일단 스위치가 켜지면 그녀의 수다는 멈출 줄을 몰랐다. 안토니아의 넘치는 행동에 모두가 어떻게 대처해야 할지 몰라 당황하고 있을 때, "어머, 참나" 하고 냉소적으로 받아넘긴 사람은 시아버지의 어머니인 마리아였다. 안토니아보다 다섯 살 적었지만, 마리아 역시 몇 년 전부터 건강이 나빠져 아들 부부의 신세를 지고 있었다. 즉, 이 두 명의 어머니들은 같은 지붕 아래에서 함께 살고 있던 것이다.

"우리 남편은 당신 남편과는 달리 정말 성실했어요. 회사 사장이라는 위치를 늘 자각하고 있었고, 매일 집에 돌아오면 경영학책을 펼치곤 했어요. 바람을 피우는 일 따위는 상상도 못 했지요."

마리아가 고상한 말투로 고인이 된 남편 자랑을 시작하자, 그 자리에 모인 손님들은 "정말 성실한 분이셨지요" 하고 고개를 강하게 끄덕이며, 안토니아가 사정없이 뿌려댄 독기를 걷어내려고 애썼다. 그런데 그런 마리아의 우아한 대응을 보고 안토니아가 가만히 있을 리 없었다.

"애초에 말이지, 당신네 남편과는 달리 마르코는 인기를 숙명처럼 타고난 사람이었어. 고장 최고의 인기남이 결혼하자고 했을 때 나도 각오를 안 한 건 아니야. 바람은 용서할 수 없지만, 잘생기고 머리도 좋으니 여자들이 반하는 건 어쩔 수 없지."

마리아는 무릎 위에 놓인 냅킨으로 조용히 입가를 닦으며 호호호, 하고 웃었다. "그렇다고 해도 이혼이라는 건 좀 그렇지 않나. 신

앞에서 맹세한 것을 저버리다니, 저는 도저히 할 수 없는 일이에요" 하며 마리아는 안토니아의 빠른 말투와 탁한 목소리를 끊었다. "저라면 설령 그런 멋쟁이 남편이 바람을 피운 의심이 들었다 해도 아이들을 위해서나 신 앞에서 맹세한 약속을 위해서라도 절대 이혼 같은 건 하지 않았을 거예요."

"이혼을 한 건 나도 마르코도 그게 더 행복하게 살 수 있다고 생각했기 때문이야. 신이 어떻게 생각하든 나를 괴롭히는 남자랑 억지로 함께 살 수는 없지. 결혼을 원망하게 되면 신까지 원망하게 되니까."

90세가 넘어 공격적으로 주고받는 두 노인의 결혼관을 말릴 수 있는 사람은 아무도 없었다. 모두가 식탁 위에 놓인 음식을 묵묵히 입으로 가져가며 두 사람의 대화에 귀를 기울였다. 두 사람도 그걸 아는지, 아무튼 사람들이 관심을 보일수록 그들의 말싸움은 더욱 활기를 띠었다.

출신 환경이 너무나도 다른 이 두 사람이 의식주를 공유하며 살아가는 것은 그야말로 작은 기적이었다. 건강이 나빠지기 전이라면 서로 마주치는 일조차 없었을 테고, 그들의 딸도 아들도 굳이 두 사람을 친해지게 억지로 유도하지 않았을 것이다. 그만큼 두 사람의 성격은 달랐다. 그래서 그 자리에 있던 사람들에게 물과 기름 같은 두 사람의 '공존'을 목격하게 하는 것은, 아무리 사이가 나쁜 사람들일지라도 어떻게든 함께 살아갈 수 있다는 것을 보여주는 귀중한 기회였다고도 할 수 있다.

이따금 마리아는 안토니아에게, 가족이 자신에게 늘 하는 것처럼 일부러 큰 소리로 천천히 말을 걸곤 했다. "제 가, 하 는 말, 알 아 들 겠 어 요?" 그러면 안토니아는 "나를 치매 노인 취급하는 거야, 이 할망구야!" 하고 소리를 질렀다. 와인을 마시고 기분이 좋아진 마리아가 졸린 기색을 보이면, 안토니아는 딸에게 "이 사람, 이제 침대로 데려다줘야겠다" 하며 신경을 써주었다. 서로 마음을 터놓지는 않지만 배려하지 않는 것도 아니었다.

참고로 말하자면, 안토니아가 세상을 떠난 후 마르코와의 이혼 서류에 서명이 되어 있지 않았다는 사실이 밝혀져 가족 모두가 깜짝 놀랐다. "그렇게 험담을 늘어놓으면서도 사실은 아버지를 계속 좋아했던 거지. 하여간 솔직하지 못하다니까"라고 중얼거리며 딸은 거실의 사이드보드 위에 세워진, 마르코와 안토니아가 함께 찍은 사진이 든 액자의 먼지를 닦고 있었다.

브라질 이민자

　국내라고는 하지만 아마조나스주 마나우스에서 상파울루까지는 비행기로도 약 5시간, 브라질 땅은 정말 넓다. 환승 대기만 3시간, 겨우 리마를 경유하는 로스앤젤레스행 비행기에 탑승했지만, 일본까지의 길은 아직도 끝이 안 보인다고 생각하는 순간, 브라질 국내 여행을 할 때는 느끼지 못했던 묵직한 피로가 몰려왔다. 기내에 탑승하여 자리에 멍하니 앉아 있는데, 옆자리의 노인이 불쑥 일본어로 "일본인입니까?" 하고 물었다. 그 사람 역시 나와 같은 경로로 도쿄로 향하는 길이었고, 이미 마나우스에서 상파울루로 가는 비행기에서부터 나를 알아보고 있었다고 했다. 일본어가 서툴기에 "일본계 분이세요?"라고 묻자, "이민 1세입니다"라는 대답이 돌아왔다.

　전후戰後에 브라질로 이주해 아마조나스주에 정착한 지 50년이 되었는데, 그동안 연락이 끊긴 친척을 찾아가는 길이라고 했다. "일본도 많이 달라졌겠지요"라며 불안과 설렘이 섞인 목소리가 가늘게 떨리고 있었다. 게다가 정작 시즈오카에 산다는 친척에게는 자신이 일본에 간다는 사실조차 알리지 못했다고 했다. 멀리서부터 애써 찾아갔는데, "만약 만나지 못하면 어떻게 하실 건가요?"라고 묻자, "그땐 그냥 일본을 관광하고 돌아가면 됩니다"라고 담담히 말했다. "돈은 그리 많지 않지만 브라질로 돌아갈 항공권은 있으니 괜찮습니다"라며 눈을 가늘게 뜬 채 미덥지 못한 미소를 지었다.

일본은 자신의 고향이면서도, '돌아간다'는 말이 가리키는 곳은 일본이 아니었다. 그 감각은 내게도 공통되는 것이지만, 노인은 만주에서 태어났기에 애초에 자신이 어디의 어떤 사람인지 잘 모르겠다며 웃었다.

"만주에서 돌아왔으나 일본에는 살 곳이 없었어요. 부모님도 돌아가셨고, 이건 또 다른 곳으로 가라는 뜻이구나 싶어 브라질로 건너갈 결심을 한 거지요. 그런데 같이 이주한 동료들은 모두 말라리아로 죽었는데, 나는 정말 운이 좋았어요."

노인이 일본어와 포르투갈어를 섞어가며 담담히 들려주는 과거는 상당히 장절한 내용이었지만, 마치 어떤 생물 관찰일지라도 낭독하는 것처럼 감정이 억제되어 있었다. "마마우(파파야), 알지요? 처음에는 다들 그걸 재배했소. 나보다 먼저 온 사람들은 고무를 재배했는데, 그것도 말레이시아산에 밀려 팔리지 않게 되었고, 결국 망했지요. 정부가 할당해준 땅의 질에 따라 사람의 삶이 달라지는 거요. 마마우 다음으로는 줄곧 팔미토(야자나무 순)를 재배하며 살아왔지요. 아내는 2년 전에 세상을 떠났소. 그녀는 이민 2세였는데, 성실하고 조용한 사람이었지요. 하지만 아이가 없어서 지금은 나 혼자요."

마나우스에서 만난 일본계 브라질인들은 모두 과묵했다. 대화 중에 자신의 뿌리에 대해 말하는 일은 전혀 없었고, 우리 대화를 듣던 이탈리아계 이주민 친구가 "왜 같은 혈통인데 그렇게 서로 서먹한 거냐"며 의아해할 정도였다. 개인차가 있겠지만, 일본계들은 자신의 친족이 겪어온 가혹한 과거를 적극적으로 말하는 걸 꺼리는 편이다.

그 노인도 처음에는 겸손하고 사려 깊어 보였으나, 시간이 지남에 따라 지울 수 없는 마음속 깊은 일본에 대한 불안감이 차츰 드러나며 어딘가 안절부절못하는 모습이었다. 로스앤젤레스에서 갈아탄 비행기가 일본 상공에 들어섰을 즈음, 노인은 발치에 있던 나일론제 올이 풀린 가방에서 바스락거리며 소박한 종이 꾸러미를 꺼냈다. 햇볕에 그을려 주름투성이가 된 노인의 손에 들려 있는 것은 아마존산 붉은 열

Os imigrantes japoneses
no Brasil

매로 만든 목걸이였다.

"만약 운 좋게 친척을 만나게 되면, 며느리나 누군가에게 주려고요." 노인은 그 목걸이를 내게 보여주며 자랑스러워하는 표정으로 말했다. "예쁘지요. 훌륭한 붉은색이오." 그 외에 선물로 준비한 것은 한때 자신도 재배했던 팔미토 병조림이라고 했다. 친척이, 너는 지금까지 50년이나 브라질에서 무엇을 하고 있었느냐, 하고 물으면, 이것을 재배하고 있었다고 설명하며 먹어보게 하고 싶다는 것이다. 하지만 팔미토는 일본 사람들에게는 익숙하지 않은 맛이지요, 하고 말하는 노인의 어조는 목걸이 이야기를 할 때와는 달리 힘이 없었다. 돌아갈 곳도 가족도 없이 브라질에서 필사적으로 살아온 노인에게 팔미토는 그의 존재 증명 같은 것일지 모르지만, 그렇게 생각해도 소박한 유리병에 담긴 흰 아스파라거스 같은 팔미토는 영 볼품없어 보였다. 나는 얼른 "분명히 기뻐하실 거예요"라고 꾸며 말했지만, 노인은 웃지 않았다.

세관을 통과한 후 노인은 마치 힘이 빠진 듯 멍하니 서 있었다. 그 모습을 보자 나도 순식간에 불안해졌지만, 시간적으로나 금전적으로나 시즈오카까지 그를 데려다줄 여유가 없었다. "괜찮아요, 괜찮아요." 노인은 애써 기운 있는 태도를 보이며 우선 도쿄역으로 가겠다고 했다. 작별 인사를 나누며 악수를 하자, "보아 소르티

(Boa sorte, 행운이 있기를)"라며 오히려 나를 격려했다. 나는 황급히 "당신이야말로 행운을 빕니다"라고 답하면서 "팔미토, 정말 좋아해요, 제 가족도 다 좋아해요"라고 덧붙였다. 그러자 노인은 포근한 꽃이 피듯 미소를 지었다. 입가가 풀린 그 표정이 금방이라도 울 것처럼 느껴졌다. "고마워요, 아가씨." 노인은 포르투갈어로 한마디 남기고는, 바퀴가 고장 난 낡은 여행 가방을 끌며 버스 정류장 쪽으로 사라졌다.

뎃짱의 필통

1970년대 중반, 실질 경제성장률이 10퍼센트에 달하던 고도성장기가 오일쇼크라는 현상과 함께 급격히 종언을 고하던 무렵, 당시 초등학교 저학년이었던 나는 그런 세상의 흐름 따위는 아랑곳하지 않고 하루하루 즐겁게 보내고 있었다.

당시 내가 다니던 홋카이도의 초등학교에서는 학생들 사이의 경제적 격차가 지금보다 훨씬 뚜렷했지만, 아이들에게 그것은 별로 큰 문제가 아니었다. 장사를 하는 부잣집, 회사원 사택, 무슨 생업을 하는지 알 수 없는 집, 딱 보기에도 가난한 연립주택 같은 집. 사는 집의 모습이 제각기 다른 것은 당연했고, 오히려 그 다양성이 재미있었다. 주택단지에 있는 우리집에 놀러 온 아이들은 어머니가 집을 비운 틈을 타 전쟁 전에 오랫동안 미국에 살다 돌아온 할아버지가 가져온 커다란 철제 침대 위에서 맘껏 뛰고, 벽에 걸린 모나리

자의 복제품 그림을 '무서운 아줌마'라며 겁내고는 떠들썩하게 놀았다. 부모가 장사를 하는 소년의 집에 가면 과자와 음료를 마음껏 얻어먹을 수 있었고, 무직이지만 파친코에 능한 아버지를 둔 아이의 집에서도 역시 과자와 음료는 마음껏 즐길 수 있었다. 가족의 경제력과 일상의 즐거움이 반드시 일치하지는 않는 것이 당시 일본 아이들의 사회였다.

그런 쇼와昭和 시대 아이들의 형편을 상징하던 것이 필통이었다. 부잣집 아이는 최신식, 그러니까 여러 면에 뚜껑이 달리고 캐릭터 무늬가 든 근사한 필통으로 주위의 부러움을 독차지했지만, 그것이 분한 아이는 어떻게든 자기의 평범한 필통의 가치를 높이려 여러 가지로 애를 썼다. 그 평범한 필통의 가치를 높이는 데 한몫한 것이 초여름 홋카이도에 나타나는 사슴벌레라는 갑충이었다. 숲이나 전등 부근의 벽에서 잡은 이 근사한 곤충을 필통에 넣어 학교에 가져가서는 여봐란듯이 보여주는 것이다. 아무리 낡은 필통이라도 안에 근사한 사슴벌레 같은 것이 들어 있으면, 반 아이들의 시선이 단번에 집중되었다. 곤충에 관심 없는 여자아이들은 필통 속에 자기만의 작은 보물을 넣어 오곤 했는데, 내 경우는 근처 철공소에서 주운 신기한 부품을 아주 평범하고 낡은 필통에 넣어두었더니, 모두가 부러워했던 적이 있었다. 다만, 역시 부잣집 여자아이가 반짝이

Porta Pema di Tetchan 1975

는 액세서리 같은 것을 가져오면 내 철공 부품의 인기는 바로 수그러들었다.

반에서 유난히 작고 공부도 못하며 말을 더듬는 뎃짱이라는 아이가 있었다. 뎃짱은 탄광 사고로 아버지를 여의고 어머니와 단둘이 시영주택에서 살고 있었다. 우리는 뎃짱을 괴롭힌다고 생각하지는 않았지만, 그는 늘 고립되어 있었다. 남자아이들은 체육 수업 단체경기에 뎃짱이 포함되면 노골적으로 싫은 기색을 보였다. 평소 뎃짱은 아무 잘못을 하지 않았는데도 누구에게나 "미안해"라고 말하는 것이 입버릇이었다.

그런 뎃짱이 어느 날 반 전체에서 부러움의 대상이 된 일이 있었다. 상자 모양도 아닌 뎃짱의 지퍼 달린 천 필통 속에 보랏빛이나 투명한 작은 광석 여러 개가 담겨 있는 것이다. 먼저 옆자리 아이가 눈치채더니, 순식간에 뎃짱의 책상 주위로 아이들이 몰려들었다.

뎃짱은 그 광석들이 예전에 아버지가 탄광에서 발견해 자기에게 가져다준 것이라고 더듬거리며 설명했다. 그의 아버지가 이제는 세상에 없다는 것을 모두 알고 있었지만, 아버지는 뎃짱을 무척 사랑했구나, 다정한 아버지였구나, 하며 우리는 뎃짱을 부러워했고, 늘 비참하다고만 생각했던 그에 대한 시선을 바꾸었다.

그런데 모여 있던 아이들 중 한 명이 돌 하나에 스티커 자국이 있는 것을 발견했다. 자세히 보니 표면에 '이과실理科室'이라고 적혀 있었다. 확실히 탄광은 석탄을 캐는 곳이지, 그런 예쁜 돌이 있을 리 없지, 하는 파문이 퍼지는 가운데, 뎃짱은 순식간에 얼굴이 창백해지고 고개를 숙인 채 굳어 움직이지 않았다. 스티커를 발견한 아이는 담임이 교실에 들어오자마자 그 일을 정의감 넘치는 얼굴로 고발했다. 다른 아이들은 숨을 죽이고 그 광경을 지켜볼 수밖에 없었다.

"뎃짱, 그거 정말이니? 그 돌을 보여주렴."

담임이 조용히 지적하자, 굳어 있던 뎃짱은 갑자기 벌떡 일어나 책상 위에 흩어진 돌도 필통도 그대로 둔 채 큰 소리로 울며 교실을 뛰쳐나가 버렸다. 평소의 뎃짱으로는 상상도 못 할 만큼 큰 울음이었다. 담임이 곧장 뎃짱을 뒤쫓아 달려나갔지만, 내가 기억하는 것은 거기까지이고, 그 후에 그 사건이 어떻게 마무리되었는지는 전혀 기억나지 않는다. 다만 뎃짱은 곧 전학을 가게 되었다. 뎃짱은 이미 학교에 나오지 않았지만, 반에까지 인사하러 온 뎃짱의 어머니가 "우리는 가난해서 이런 것밖에 없어 미안합니다. 지금까지 고마웠습니다. 여러분 함께 드세요"라며 가져온 것은 하나하나 껍질이 까져 수북히 담긴 삶은 달걀이었다는 것만은 선명한 기억으로 뇌리에 남아 있다.

거짓이라 해도, 이과실의 것이었다 해도, 그에게는 그 필통 속의 광석들이 얼마나 큰 의미가 있는 것이었을까. 어머니가 가져온 그 많은 삶은 달걀과 함께 그때의 일이 이따금 떠오르면 나는 이루 말할 수 없는 서글픔에 사로잡힌다.

스티븐과 멜라니

    지금으로부터 25년 전, 시인인 남자친구와 함께 세 들어 살던 집의 주인으로부터, 딸이 결혼하게 됐으니 이사를 가주든지, 만약 어렵다면 집을 구매해달라는 통보를 받았다. 우리는 "또야?" 하고 막막해졌다. 만약 그 집에서 나가야 한다면, 나로서는 피렌체에서 살기 시작한 이래 통산 20번째로 이사를 하는 셈이었다. 집세도 그보다 저렴한 조건의 집을 찾는 것은 거의 불가능했으므로, 가난했던 우리는 크게 낙담했다.

    그런데 곧이어 필리핀인 친구 스티븐이 그 궁지에서 우리를 구해주었다. 그는 프로 무용수이면서 밤에는 레스토랑에서 웨이터로 일하고 있었는데, 자신이 일하는 가게 손님인 수완 좋은 변호사를 소개해준 것이다. 나는 곧장 사정을 설명했고, 결국 은행에서 장사 자금 명목으로 융자를 받아 집을 구입하게 되었다. 다만 융자를 받는 용도가 그러하니 필연적으로 장사도 시작해야 했다. 그것이 시인에게는 새로운 걱정거리가 되었지만, 낙관적인 스티븐이 "장사하면서 시도 쓰고 그림도 그리면 되잖아!" 하고 설득하자, 그는 기운을 내었다.

스티븐에게는 필리핀에서 함께 온 멜라니라는, 역시 무용수인 아름다운 약혼자가 있었고, 그는 그녀와 결혼하기 위해 열심히 돈을 모으고 있었다. 멜라니는 아르노 강가의 나이트클럽에서 일하고 있었는데, 시인은 스티븐에게 "다른 남자에게 빼앗기지 않도록 잘 지켜"라고 농담만은 아닌 경고를 자주 하곤 했다. 그러나 스티븐을 아는 사람이라면 누구나 그만큼 성실하고 근면한 남자는 드물다고 생각했기에, 멜라니가 그를 배신할 리 없다고 확신하고 있었다.

시인이 로렌초 성당 근처에 연, 카메오와 베네치안 글라스를 파는 관광객 상대의 작은 가게가 자리를 잡기 시작하자, 스티븐은 레스토랑을 그만두고 이 일을 거들게 되었다. 박봉의 레스토랑을 그만둔 것은 결혼 시기를 엿보고 있기 때문일까 하고 멋대로 짐작하며 진상을 물어보니, 스티븐의 입에서 믿기 어려운 대답이 나왔다. 이미 몇 달 전, 멜라니는 독일인 사업가에게 청혼을 받고 피렌체를 떠나버렸다는 것이다. 스티븐은 상자에서 꺼낸 상품의 비닐을 묵묵히 뜯으면서 그 충격적인 사정을 마치 아무 일도 아닌 듯 보고했다. 내가 대꾸할 말을 찾지 못해 당황하고 있자니, 그가 나를 돌아보며 살짝 웃었다. "어쩔 수 없죠. 나는 결국 여기서는 처지가 약한 외국인 노동자이고, 멜라니가 원했던 건 자유와 돈, 그리고 안정된 미래였으니까요. 나는 그것을 줄 수 없잖아요." 스티븐은 자신과 같은 외국인인 나는 외국에서 돈벌이하는 사람의 입장을 잘 이해할 거라 생각했는지, 뒤이어 나타난 시인에게는 멜라니와 헤어진 일을 전하려고 하지 않았다. 나도 그의 속마음을 헤아려, 한동안은 입을 다물고 있었다.

이듬해, 필리핀에서 아버지가 돌아가셨다는 연락을 받자 스티븐은 그것을 계기로 귀국을 결심했다. 피렌체에 온 지 5년이 지났지만, 아버지의 죽음과 마주하며 스티븐의 표정은 바짝 죄어졌고, 귀국이라는 흔들림 없는 결의를 품은 자세는 늠름하고 씩씩했다. 어느 정도 돈도 모았으니, 필리핀에서 무언가 사업을 해볼 생각이 들었다는 것이다. 출발 전날, 스티븐은 자신의 분신이라 부르던 낡은 자전거를 가게로 가져왔다. 5년 전 버스비를 아끼기 위해 샀던 자전거라고 했다. 시인은 "네가 다시 돌아올 때까지 소중히 보관해둘게"라고 말했지만, 그 후 때때로 그 자전거를 타고 시내를 오가게 되었다.

Un piccolo vicolo a Firenze

독일로 시집갔을 터였던 멜라니가 불쑥 우리 가게에 나타난 것은 그다음 해 여름이었다. 검정 민소매 원피스에 명품 가방을 든 모습은 그야말로 부유한 마담이었지만, 짙은 선글라스를 쓰고 있어 표정이 보이지 않았다. "차오" 하고 가게에 들어서자마자 매일 만났던 것처럼 가볍게 "스티븐은요?" 하고 물었다. 나는 말문이 막혔다. 밖에 놓인 자전거를 봤기 때문일 것이다. 그는 필리핀으로 돌아가 더이상 여기서 일하지 않는다고 전하자, 멜라니는 긴 침묵 끝에 "그렇구나" 하고 작게 중얼거린 후 굳게 입을 다물었다. 그러고는 심심한 듯 상품 진열대에 있던 새빨간 베네치안 유리 반지를 오른손에 끼워 한참 바라보다가, 값을 계산대에 놓고는 애초부터 그 반지를 사러 온 사람처럼 무심하게 발걸음을 재촉해 밖으로 나갔다. 가게 안에 강한 향수 냄새를 남기고 떠난 멜라니는 곧 거리의 관광객 물결에 휩쓸려 보이지 않게 되었다.

안토니오의 요새

　나의 시아버지 안토니오는 이탈리아 북서부의 고도 바사노 델 그라파 출신이다. 시내 중심가에 4층짜리 오래된 생가가 그대로 남아 있지만, 지금은 가족 대대로 농가에 임대를 주고 있던 교외의 광대한 터에 있는 낡은 집을 리모델링하여 엔지니어인 자신을 위한 연구실 겸 자택으로 사용하고 있다. 아직 대학생이던 장남이 아이가 있는 연상의 일본 여성과 결혼해 시리아나 포르투갈 등 해외를 전전하는 동안, 안토니오와 시어머니는 바사노의 집을 딸에게 주고 자신들은 옛 농가인 이 집으로 이사해 온 것이었다.

　우리는 그 집을 '안토니오의 꿈의 성'이라며 빈정거림을 담은 이름으로 불렀다. 왜냐하면 안토니오는 이 낡고 거대한 농가를 계단에서부터 수납장 서랍에 이르기까지 온갖 곳에 자신의 발명과 아이디어를 쏟아부어 완전히 자기만의 집으로 리모델링했기 때문이다. 솔직히 가족 누구도 아직 그 집의 구조를 완전히 파악하지 못하고 있다. 지하에 있는 안토니오 연구실은 자재와 낡은 가구, 100대 넘게 수집한 오래된 자전거를 보관하는 창고와 미로 같은 통로로 이어져 있다. 그래서 사정을 모른 채 들어가면 어른이라도 틀림없이 길을 잃고 만다. 게다가 그 지하의 일부에는 무대의 승강 장치와 같은 구조의 엘리베이터가 설치되어 있어, 때때로 위층의 방 모양이 변하기도 한다. 언젠가는 올라온 엘리베이터와 천장 사이에 아이들의 축구공이 찌그러진 채 끼어 있는 적도 있었다.

계단은 한 발씩 번갈아 올려야 하는 기묘한 형태로 되어 있다. 그래서 익숙하지 않은 사람은 반드시 한 번쯤은 발을 디뎌야 할 곳에 판자가 없어 아찔한 경험을 하게 된다. 이탈리아의 건축 기준법이 어떤지는 잘 모르겠지만, 요컨대 이 집은 발명가 안토니오의 꿈의 집대성이자, 다른 가족이나 손님들에게는 위험투성이의 깜짝 하우스다.

안토니오는 청년 시절에 일본으로 치면 안보투쟁*의 시대를 보낸 사람이다. 그러나 그 무렵 그는 그런 정치적 운동에는 거의 참여하지 않고 시간만 나면 기계 제작에 몰두했다고 한다. 파도바대

---

* 1959~1960년과 1970년, 두 차례에 걸쳐 미일美日 안전 보장 조약(안보조약)에 반대하여 노동자·학생·시민 들이 일으킨 대규모 반미 운동을 가리킨다.

학 공학부를 다녔는데 학교 공부보다는 독자적인 개발에 더 열중해 졸업하기까지 오랜 시간이 걸렸다. 그동안 엄격한 부모와 함께 살던 안토니오는 심지어 오후 5시까지 귀가해야 했고, 이를 지키지 않으면 집에 들여보내 주지 않았다고 한다. 뭔가 부탁할 일이 있을 때는 그 조건으로 해발 1,775미터의 그라파산까지 자전거로 올라갔다 와야 했고, 그 경우 부모는 아들이 속임수를 쓰지 못하도록 차로 천천히 뒤에서 따라갔다고 한다. 전시 중의 파시즘적 교육의 엄격함이 그의 부모에게서 빠져나가지 않았던 것이다. 안토니오는 결혼을 계기로 비로소 자유를 손에 넣었지만, 사회인으로서 생활하는 데 좀처럼 적응하지 못했다. 그리하여 유명 고급차 부품 회사에서는 큰 싸움을 벌이고 스스로 퇴사했다. 그 후부터 지금까지 줄곧 혼자서 오토바이 설계를 계속해왔지만, 독자적인 기술이 남에게 도용될까 두려워 완성해도 시장에 내놓지 못했고, 친구나 지인들로부터는 '40년 동안 취미에만 몰두한 남자'라는 농담 섞인 비아냥을 듣곤 했다.

그러니 안토니오가 태어난 도시에서 멀리 떨어진 시골로 이사한 데에는 그 나름의 사정이 있었을 것이다. 집 리모델링만으로는 만족하지 못하고 자급자족을 목표로 텃밭을 가꾼 것까지는 좋았지만, 건강에 좋다는 쓰디쓴 케일만 온통 심어 가족들의 눈살을 찌푸

리게 한 적도 있었다. 대량으로 사들인 닭도 시어머니가 매일 아침 먹이 주는 것이 귀찮다고 계속 불평해서 결국 전부 없애고 말았다. 시어머니의 히스테릭하고 공격적인 먹이 주기에 닭도 스트레스를 받았는지, 고기가 질기고 억세서 전혀 맛이 없었다. 안토니오는 닭으로 만족하지 못해 오리도 20여 마리 길렀는데, 어느 가을날 본가에 갔더니 연못에 평소 헤엄치던 오리들이 한 마리도 보이지 않았다. 연못가에 멍하니 서 있던 시아버지에게 무슨 일이 있었느냐고 묻자, "전부 날아가 버렸어…"라며 어깨를 떨구었다. 시아버지 말로는, 상공을 지나던 야생 오리 떼가 신호를 보내자 자신의 본능을 깨달은 오리들이 눈앞에서 일제히 날아가 버렸다는 것이다.

"나를 돌아보지도 않더라고."

금방이라도 울 것 같은 시아버지의 얼굴을 보고 그 자리에서 웃음이 터질 뻔했지만, 꾹 참았다.

"정말이지 뭘 해도 안 되는구나, 나는" 하는 안토니오의 말에, 그의 어깨를 가볍게 두드리며 위로의 말을 찾았지만 마땅한 말이 떠오르지 않았다. "걱정하실 것 없어요" 하고 말을 건넸지만, 그는 한동안 침묵을 지켰다.

"실패니 성공이니 그런 것 생각하지 않고 그저 나답게 살고 싶을 뿐인데 말이야…."

높은 가을 하늘을 올려다보며 나직이 이렇게 중얼거리는 안토니오의 병 밑바닥처럼 두꺼운 안경 렌즈에 저물어가는 태양에 물든 주황빛 양떼구름이 비치고 있었다.

하얀 비올라

바이올린 장인인 우스이 미쓰마사白井滿政 씨의 새로운 공방은 이전 곳보다 오래된 건물이긴 하나 공간은 훨씬 넓어졌다. 자택도 겸하고 있다는 점을 생각하면, 넓다고 해도 오히려 소박한 편이었다. 내가 피렌체에 처음 왔을 때만 해도 우스이 씨는 중앙역 근처의 좁고 작은 공동주택 한구석에서 악기를 만들고 있었다. "우리 집은 좁아서 사람을 재울 수가 없어요. 하지만 옆에 연인 전용 같긴 하지만 값싼 숙소가 있으니, 싫지 않다면 거기서 지내요." 이렇게 말해준 덕분에, 피렌체에 막 도착한 나는 한동안 그 숙소에 머물며 유학 생활을 위한 거처를 찾았다. 실제로 연인이 드나드는 것을 본 적은 없었지만, 바로 근처 거리에 요염한 여인들이 서 있는 모습은 여러 번 본 적이 있다. 새 공방이 있는 거리에는 17세기에 세워진 유서 깊은 페르골라 극장이 있어서, 연주회가 있는 날이면 피렌체에 사는 부유하고 고귀한 출신의 사람들이 멋지게 차려입고 줄을 서곤 했다. 우스이 씨를 아는 사람이라면 누구나 '악기가 팔리게 되어 다행'이라고 생각했을 것이다. 그렇지만 목재와 도구에 둘러싸여 앞치마 차림으로 묵묵히 작업하는 그의 모습은 새 공방에서도 전혀 달라지지 않았다. "아름답고 정교하며, 아직 젊은데도 숙련된 장인의 기교"라며, 우스이 씨의 악기를 손에 쥔 사람들은 모두 숨을 죽였다. 비올라 연주자인 나의 어머니도 그중 한 사람이었다. 아름다운 니스칠, 세부 처리의 섬세함. 그에 비해 이탈리아 장인들의 악기는 소리는 좋은데 어쩐지 마감이 거칠다며, 새 공방을 찾은 어머니는 불평을 늘어놓았다. 그 말을 들은 우스이 씨는 웃으며 이렇게 말했다. "이탈리아 차는 멋있지만 금방 고장 나잖아요, 그런 거예요. 하지만 저 같은 성실한 인간에게는, 그런 그들의 대충 넘어가는 태도가

부러울 때도 있습니다." 그러면서 거칠게 악기를 만드는 동료들을
감싸주었다.

우스이 씨가 새 공방으로 이사한 지 1년쯤 되었을 무렵, 길에서
우연히 그의 아내 다키 씨를 만났다. 나를 보자 미소를 지었으나 어
딘가 이상했다. 원래도 흰 피부가 색소가 빠져 더 투명해진 듯 덧
없고 연약한 모습이었다. 괜찮으세요, 라고 내가 묻기도 전에, 다키
씨가 먼저 입을 열었다.

"마리 씨, 우스이 씨가 암에 걸렸어요."

그녀의 눈가에 금세 눈물이 고였다. 림프가 부어 일본에 일시 귀
국했을 때 검사를 받아보니, 말기 폐암이라는 사실이 밝혀진 것이
었다. 그는 고민 끝에 입원하지 않고 이탈리아로 돌아와 그대로 공
방에서 작업을 이어가기로 했다고 한다. 다키 씨로서는 가능한 한
일본 병원에서 치료를 받기를 바랐을지도 모르지만, 우스이 씨는
이탈리아로 돌아가겠다고 고집했다. 두 사람 사이에 어린 자녀가
있다는 점을 생각하면, 그 결정은 무겁고 힘들었을 것이다.

그 후 내가 몇 번 공방을 찾아갔을 때마다, 그곳에는 늘 허리를
굽히고 새 비올라 제작에 몰두하는 우스이 씨의 모습이 있었다. 기
침으로 괴로워하면서도, 전보다 더 긴장감으로 가득 차 누구도 범

접할 수 없는 기운이 작은 체구에서 뿜어져 나오고 있었다. 본격적으로 추워지고 이탈리아 전역이 연말 준비로 분주해지기 시작할 무렵, 나는 간병을 도맡고 있는 다키 씨가 걱정되어 공방에 함께 묵기로 했다. 우스이 씨는 이미 누운 채로, 매일 모르핀으로 통증을 달래고 있었다. 미완성의 비올라를 어떻게든 완성하려고 했으나 체력적으로 불가능한 일이었다.

12월 말 어느 날, 아직 해도 뜨지 않은 이른 새벽, 내가 자고 있는 방으로 다키 씨가 훌쩍 들어와 "마리…"라고 조용히 불렀다. 침실로 가니, 우스이 씨는 이미 숨을 거둔 상태였다. "큰 한숨을 두 번 쉬더니 그대로 가셨어." 다키 씨는 지극히 침착했다. "해가 뜨면 모두에게 연락해야겠어요."

우스이 씨의 부고를 듣고 공방을 찾은 사람들 사이에서는, 우스이 씨가 만든 악기의 시세가 앞으로 어떻게 될지 은근히 가늠하는 말도 들려왔다. 온갖 위로의 말에 지쳐 있던 다키 씨는 필요한 말만 받아들이는 듯했으므로, 그 이야기가 그녀의 귀에 들어갔는지는 알 수 없다. 나는 시신 곁에서 그런 이야기를 하는 사람들에게 분노를 느꼈지만, 동시에 장인의 도시 피렌체의 현실적인 얼굴을 뜻밖에 엿본 듯한 느낌을 받았다.

칠이 안 된 채 남겨진 비올라는 그 후 우스이 씨의 장례식에서

추모곡을 연주한 뒤, 나의 어머니가 인수했다. "이 위에는 어떤 니스를 칠할 예정이었을까. 이번에는 어떤 식으로 마무리할 예정이었을까." 우스이 씨다운 정성스럽고 정교한 조각이 새겨진 하얀 비올라를 향해, 어머니는 그렇게 말을 건넸다.

드라기냥의 폴 삼촌

　열네 살이던 해 겨울, 내가 한 달에 걸쳐 혼자 유럽을 여행하는 출발지는 파리였다. 공항에는 어머니의 친구인 카르멘 씨가 마중 나와 있을 예정이었는데, 짐을 찾아 도착장으로 나가자마자 "마리!?" 하고 나를 불러 세운 사람은 머리숱이 적은 초로의 아저씨였다. 일본에 왔던 카르멘 씨와 처음 만났을 때 나는 아직 네 살이었다. 그로부터 10년이 지났으니 지금의 나를 알아보기가 쉽지 않을 거라는 어머니의 조언으로, 나는 미리 내 초상화를 보내 두었다. 그런데 그 그림을 도착장에서 두 손에 펼쳐 들고 있던 사람은 낯선 프랑스 아저씨였던 것이다. "이게 너지?" 그가 강한 프랑스 억양이 섞인 영어로 다시 확인하자, 나는 사정을 이해하지 못한 채 주뼛주뼛 고개를 끄덕일 수밖에 없었다.

　"나는 카르멘의 삼촌, 폴이라고 해." 그는 오른손을 내밀며 "네 비행기가 하루 늦게 도착해서, 카르멘은 먼저 리옹으로 돌아갔어"라고 말하고는, "에브리씽 이즈 오케이"라며 입을 다물고 있는 내 등을 두드렸다. 그리고 아직 해가 뜨지 않아 어둑한 이른 새벽의 파리에 있는, 폴 씨 가족이 사는 아파트로 향했다.

집 안에 들어서자, 아내로 보이는 머리에 수많은 클립을 꽂은 파자마 차림의 여성, 그리고 나보다 조금 나이가 많아 보이는 젊은 여성이 부엌 테이블에 앉아 커다란 사발에 입을 대고 무언가를 마시고 있었다. 프랑스어로 인사를 나눈 뒤, 내가 의자에 앉자 그들 것과 같은 사발이 내 앞에 탁 놓였다. 카페오레였다. 부인은 한 손으로 움켜쥔 프랑스 빵 조각과 초콜릿 페이스트를 내 앞에 툭 놓으며 먹으라고 했다. 피곤과 긴장으로 당장이라도 토할 것 같았지만, 거절할 용기가 없어 나도 그들처럼 사발 속 뜨거운 액체를 홀짝이며 프랑스 빵을 뜯어 먹었다.

어느새 양복으로 갈아입은 폴 씨가 분주히 집 안을 오가며 아내에게 잔소리를 들으면서, 건네받은 알약을 입안에 털어 넣는 모습이 보였다. 회사로 가는 길에 역까지 데려다주겠다고 하여, 나는 황급히 사발의 남은 것을 들이키고 다시 어두운 바깥으로 나왔다. 그것이 나의 한 달에 걸친 파란만장한 프랑스와 독일 여행의 시작이었다.

그 여행으로부터 몇 년 뒤 피렌체에서 유학 생활을 하고 있을 때, 프랑스 요리사 자격증을 막 취득한 여동생과 어머니가 나를 찾아온 적이 있었다. 여동생이 카르멘 씨의 소개로 리옹 근교의 작은 음식점에서 잠시 수련을 하게 되어, 나도 함께 가지 않겠느냐는 권유에 따라 급히 프랑스에서 여름휴가를 보내기로 했다. 그래서 열네 살 때 이후로 찾아가지 못했던 카르멘 씨의 집에 모녀가 한동안 신세를 지게 되었다. 여동생의 음식점 일이 시작되었고 슬슬 이탈리아로 돌아가려고 생각하고 있을 무렵, 카르멘 씨가 말했다. "이왕 온 김에, 우리랑 같이 프랑스 남부의 드라기냥에 있는 삼촌 집에 이삼일 놀러 가지 않을래? 수영장도 있는 대저택이야." 카르멘 씨는 이미 갈 생각으로 충만해 있었다. "기억나지? 너를 샤를 드골 공항까지 마중 나왔던 폴 삼촌. 지금 드라기냥에 살고 있어." 그녀가 웃으며 덧붙였다. 그녀의 말에 따르면, 폴 씨는 그 후 머리에 클립을 가득 꽂고 있던 아내와는 이혼했고, 지병으로 입원해 있던 병원에서 간호사로 일하던 여성과 재혼했다고 한다. 그 여성의 친정이 드라기냥이어서, 고향인 파리를 떠나 이주하게 되었다는 것이다. 파리에서 그를 만난 지 고작 사오 년밖에 지나지 않았는데, 그사이 그런 일이 있었다는 게 놀라웠다. 그러나 새로운 인생을 시작한 노년의 남성을 보는 것도 흥미로울 것 같아, 나는 카르멘 씨의 제안을

받아들였다.

 드라기냥에서 다시 만난 폴 씨의 머리에는, 파리에서 봤을 때는 없었던 정수리의 검은 머리칼이 나풀나풀 바람에 흩날리고 있었다. 어두운 겨울의 파리 아파트에서 아내에게 잔소리를 듣던 때와 비교하면, 그는 한층 젊어진 듯 보였다. 거대한 지중해 소나무가 자라는 언덕 위의 그 집은 은퇴 후 옮겨 온 곳이라고 했다. 새 아내는 폴 씨보다 아마 스무 살은 젊어 보이는, 짧은 머리에 활달한 체격의 여성이었다. 우리가 도착했을 때 두 사람은 수영복 차림으로 주차장에 나타났다.

처음에는 친척들이 모두 삼촌을 비난하고 심지어 경멸했지만, 본인은 그런 비방 따위는 아랑곳하지 않고 너무나 행복해서 지금은 전처까지도 놀러 온다고 한다. "결국, 어떤 사정이 있든, 누구나 행복한 사람 곁에 모이고 싶어하는 거야." 사랑스러운 개와 함께 수영장 가장자리에서 물속으로 뛰어드는 삼촌을 바라보며, 카르멘 씨도 즐거워했다.

"오늘 밤은 바비큐다, 불꽃놀이도 하자!" 수영장에서 나온 폴 씨가 얼굴 가득 주름을 지으며 웃었다. 파란만장한 일을 겪으며 오래 살아온 사람이 짓는 만면의 웃음에는 강렬한 설득력이 있었다. 인생에 이런저런 일이 있었어도, 여전히 스스로 행복을 만들어내고 있는 폴 삼촌의 젖은 피부가 한여름 지중해의 태양을 받아 반짝이고 있었다.

도로시의 이사

피렌체에서 시인인 남자친구와 내가 살던 공동주택 1층에, 어느 날 한 독일인 여성이 이사해왔다. 나이도 우리와 비슷했을까. 짧게 자른 금발 머리에, 매력이라고는 없는 금테 안경 너머의 짙푸른 눈은 차갑게 굳어 있었다. 공동 현관에서 마주쳐 인사를 해도 아무 대답이 없었다. 불쾌한 사람이 이사 왔구나 싶어 나는 조금 실망했다.

어느 날 내 방 창문 아래 중정에서 그 여성이 담장 밖을 향해 "질! 질!" 하고 누군가의 이름을 계속 부르고 있었다. 주위를 둘러보니 두 집 건너 담장 위를 조심스레 걷고 있는 러시안 블루 고양이 한 마리가 보였다. 그 고양이를 찾는 건가 싶어서 "회색 고양이라면 바로 옆에 있어요" 하고 소리쳤다. 그러자 여자는 나를 올려다보며 "고마워요!" 하고 환한 미소를 지었다. 늘 보던 험상궂은 표정으로는 상상도 못 할 다정한 웃음이었다. "나는 도로시예요"라며 자신의 이름을 밝히기에, 나도 내 이름을 전했다. 그 일을 계기로 우리는 가까워졌다.

도로시는 10년 전 결혼을 계기로 독일을 떠나 남편의 나라 이탈리아에서 살기 시작했는데, 이혼한 후 혼자가 되었어도 독일로 돌아가지 않고 그대로 피렌체 대학에서 철학 교원으로 일하고 있었나. 시인과 함께한 지 6, 7년이 지나며 온갖 고뇌에 맞닥뜨려도, 피렌체와의 인연이 끊어질까 두려워 헤어질 용기를 내지 못하던 내게, 외국인으로서 이 도시에서 홀로 살아가는 도로시의 결단과 행동력은 부러움의 대상이었다.

어느 날 내가 대신 받아둔 우편물을 전하러 도로시 집에 갔더니, 그녀보다 훨씬 나이 들어 보이는 남자가 거실 소파에 앉아 고양이 질을 쓰다듬고 있었다. 까다로운 질이 저렇게 잘 따르다니, 도대체 누구일까 생각하는데, 그가 나를 돌아보고 다가와 자기 이름을 밝혔다. 악수하는 손에 힘을 주며 "당신 얘기는 들었습니다. 도로시에게 좋은 이웃이 있어 기쁩니다" 하고 미소 지었다. 그는 도로시의 전 남편이었다. 나는 우편물을 건네주고 서둘러 집으로 돌아왔고, 도로시와 전 남편 사이에 문제가 생긴 건 아닐까 걱정이 되었다.

"내 새집을 보러 온 것뿐이에요." 전 남편이 돌아간 뒤 내 집으로 찾아온 도로시는 설명했다. "그런 사람이에요. 이혼했어도 미련이 있는 거지요. 새 아내도 있으면서."

"당신은요?" 나는 무심코 물었다. "미련은 없나요?"

도로시는 잠시 침묵했다. 한동안 말을 고르다 체념한 듯 말했다. "배신당했는데도 아직 미련이 있어요. 바보죠."

그 집으로 이사 오기 전에도 전 남편과 가끔 만났다고 한다. 그러나 재혼한 아내에게 들켜 큰 소동이 벌어졌고, 도로시는 말없이 이사를 할 수밖에 없었다.

"하지만 결국 여기 있는 것도 들켜버렸어요. 완전히 끊는 게 어렵네요." 도로시는 내게 동의를 구하는 것도 아닌, 힘없는 미소를 지어 보였다. 그러고는 벽에 걸린 그림을 가리키며 말했다. "저 그림 속 사람처럼, 고독을 내 편으로 만들 수 있으면 좋을 텐데 말이에요." 그것은 내가 학창 시절에 그린 유화로, 거친 돌이 널린 땅 위를 한 여성이 등을 보인 채 떠나가는 뒷모습을 그린 것이었다. 진행 방향에는 유백색에 옅은 하늘빛이 섞인 하늘만 있는 단순한 구도였다.

"언젠가 당신이 마음 내키면, 그 그림을 나한테 줬으면 해." 도로시의 부탁에 나는 동의했다.

그로부터 몇 년 뒤, 나는 시인의 아이를 임신했다. 시인이 시작한

Dorothy & Gil

사업은 파산했고, 다루기 힘든 성격은 더욱 비뚤어져 나는 곤경에 빠졌다. 결국, 진통이 시작된 날에도 시인은 집에 없었고, 나는 혼자 대학병원으로 가서 아이를 낳았다. 아이를 처음 본 순간 비로소 시인과 헤어질 결심을 했다. 동시에 피렌체를 떠나야겠다고 생각한 건, 어쩌면 도로시와 전 남편의 관계가 나의 무의식에 남아 있었기 때문일지도 모른다. 나는 상처받으면서도 관성이라는 나태함에 기대려는 나 자신이 두려웠다.

도로시는 아이의 탄생을 기뻐하며, 일본으로 돌아가겠다는 나의 결심을 칭찬했고, 섭섭하다며 눈물을 흘리면서도 "그래도 이 아이에게는, 즐겁게 살아가는 긍정적인 엄마의 모습을 보여줘야지" 하며 내 어깨를 두드렸다. 나는 약속대로, 도로시가 원하던 내 유화를 맡기고 떠나기로 했다.

출발하는 날 아침, 공항으로 향하는 택시에 아이를 안고 탈 때까지 도로시는 도로 한가운데에 서서 우리를 배웅하고 있었다. 그런데 불현듯 등을 돌려 집으로 들어가는 모습이 백미러에 비쳤다. 배웅하는 마음을 의도적으로 끊어낸 듯한 돌연한 행동이었다.

그로부터 머지않아 도로시도 그 집을 떠나 독일로 돌아가 가정을 꾸렸다는 소식을 뒤늦게 들었다.

무함마드 씨와 델스

시리아에서 만난 남자들은 대체로 수다스러웠다. 어떤 이들은 마치 데코레이션 케이크처럼 온갖 과장을 덧붙여 말하기도 해서, 듣는 쪽은 점차 신빙성 있는 말만 골라내는 기술을 자연스레 익히게 된다. 노골적으로 거짓말을 하고서도 상대에게 지적을 받으면 "그건 네가 잘못 들은 거다"라며 얼버무리기도 했다.

그런데 우리 가족이 시리아 국내나 레바논, 요르단 등을 여행할 때 여러 번 신세를 진 운전사 무함마드 씨는 놀라울 만큼 조용하고 겸손한 사람이었다. 풍만한 배와 짧게 깎은 흰머리 섞인 머리카락 때문에 겉모습은 위엄 있어 보였지만, 태도는 지극히 조심스러웠다.

애초에 운전사가 딸린 차를 부탁한 것은 사치스러운 여행을 하고 싶어서가 아니었다. 철도가 발달하지 않았고, 때로는 길조차 없는 사막을 지나야 도착할 수 있는 유적지 탐사 등, 남편이 치밀하게

iver
ria 2005
and Dersu

짠 여행 프로그램을 정해진 기간 안에 소화하려면 차와 현지 사정을 잘 아는 운전사가 꼭 필요했다. 한정된 예산 안에서 여행사에 부탁해 겨우 고용할 수 있었던 사람이 무함마드 씨였는데, 외국인인 우리에게는 시리아인이 동행해 준다는 사실만으로도 든든했다.

무함마드 씨가 모는 차는 몇 세대 전의 카롤라였다. 낡았지만 구석구석까지 정성껏 손질되어 있었고, 자신의 직업에 대한 자부심이 드러나 있었다. 당시 아홉 살이던 아들 델스가 뒷좌석에서 얼굴을 내밀고 웃고 있는 사진이 남아 있는데, 운전석 창문 너머로 그런 델스를 돌아보는 무함마드 씨의 얼굴에도 다정한 미소가 떠올라 있었다. 역사와 유적에만 정신이 팔린 부모를 따라 어쩔 수 없이 동행하게 된 델스를 무함마드 씨는 살뜰히 챙겨주곤 했다.

요르단과 시리아 국경 부근의 한 유적지를 거닐던 어느 날, 고대 로마 시대의 신전 사진 촬영에 몰두하던 우리를 무함마드 씨가 달려와 불렀다. 델스가 넘어져 크게 다쳤다는 것이었다. 허겁지겁 주차장으로 돌아가 보니, 델스는 까진 무릎을 미네랄워터에 적신 손수건으로 닦고 있었다. 우리를 보고서도 "살짝 넘어진 것뿐이야, 굳이 돌아오지 않아도 됐는데"라며 태연했다. "무함마드 씨가 큰 부상이라고 해서"라며 숨을 헐떡이며 말하다 돌아보니, 무함마드 씨는 시치미를 떼고 등을 돌린 채 담배를 피우고 있었다.

그 뒤 남편이 목적지로 삼았던 요르단강 유역에서는 시리아인인 무함마드 씨에게 통행 허가가 내려지지 않아 급히 경로를 바꿔야 했다. 미안해하는 그를 남편이 아랍어로 여러 번 위로했지만, 그는 입을 다문 채 한동안 아무 말도 하지 않았다. 우리의 상상력으로는 미처 헤아릴 수 없는 여러 가지 생각이 그의 머릿속을 채우고 있음이 전해졌다. 그런 무함마드 씨가 마침내 웃음을 보인 것은 사해 연안에 도착했을 때였다. 델스가 신나서 물속으로 뛰어들었다가 곧바로 깜짝 놀란 듯 크게 소리치며 나온 것이다. 사해의 고농도 염수가 무릎 상처에 스며들어 아프다며 펄쩍펄쩍 뛰고 있었다. 무함마드 씨는 그 모습을 보고 웃으며 셔츠 주머니에서 손수건을 꺼내 델스의 무릎을 닦아주고 붕대처럼 감아주었다. "이 손수건이 젖지 않을 높이까지라면 괜찮아." 이렇게 말하고는 신발을 벗고 델스의 손을 잡아 함께 사해 물가로 들어갔다.

무함마드 씨는 델스를 마치 자기 자식이나 손주처럼 귀여워했다. 그러던 중 들른 기념품 가게에서 그가 귀여운 인형을 사는 것을 본 남편이 가족 선물이냐고 묻자, 그는 델스와 비슷한 또래의 손녀가 있다고 대답했다. 눈이 크고 피부가 하얀 사랑스러운 여자아이인데, 심장에 병이 있어 오래도록 병원에 입원해 있다는 것이었다. 우리는 적절한 말을 찾지 못해 침묵했지만, 무함마드 씨도 그 이상 가족 이야기를 이어가지는 않았다.

무함마드 씨는 여행을 마치고 다마스쿠스의 집에 우리를 내려준 뒤 돌아갈 때 델스를 꼭 껴안았다. 과묵한 그가 몇 마디 아랍어를 델스의 귀에 속삭였다. 무슨 말이었는지는 그때도, 그리고 그의 행방을 전혀 알 수 없는 지금도 알 길이 없다. 다만 지금도 델스는 유적지에서 넘어진 자신을 가장 먼저 일으켜 세우고 무릎의 흙을 닦아주며 우리를 부르러 필사적으로 달려갔던 무함마드 씨의 모습을 뇌리에 선명히 간직하고 있는 듯하다. 그래서 가끔은 "무함마드 씨는 잘 지내고 있을까?" 하며 그리움과 쓸쓸함이 교차하는 표정으로 그를 떠올리곤 한다.

알레시오와 리

하얀 하늘과 앙상한 나무들뿐인 쓸쓸한 잡목림을 배경으로 서 있는 건장한 백발의 노인. 잠시 주위를 둘러보더니 불현듯 그 자리에 쭈그리고 앉아 발밑에서 흙 한 줌을 떠올려 가만히 들여다본다. 그 후 장면은 오래된 가옥의 어두운 빛 속에서 점토를 반죽하는 노인의 모습으로 전환된다. 아, 도예가였구나, 하고 시청자가 그제야 깨닫게 되는 흐름이다.

2011년 베네치아 영화제에서 단편 다큐멘터리로 소개된 이 작품의 주인공 알레시오 타스카는 내 남편의 작은할아버지다. 내가 열네 살 때 혼자 유럽 여행을 하던 중 브뤼셀 중앙역에서 만나, 훗날 미술 공부라면 여기밖에 없다며 나를 이탈리아로 불러들였던 마르코의 동생이다.

2020년 1월 중순, 남편이 "알레시오가 세상을 떠났다"는 소식을 전해왔다. 폐렴이 악화한 모양인데 자세한 사정은 알 수 없었다. 얼마 전까지만 해도 건강했는데, 하고 말하는 남편의 목소리는 친족의 죽음을 슬퍼한다기보다는 영화나 드라마의 극적인 결말을 이야기하는 듯한 어조였다.

아흔이 넘어서도 알레시오는 비첸차 교외 언덕의 숲속 낡은 집에서 열 살 연하의 파트너와 둘이서 꿋꿋이 살아가고 있었다. 작년 여름에 만났을 때는 눈이 거의 보이지 않는 상태였다. 점토를 반죽하지 못하게 된 것보다 책을 읽을 수 없는 것이 괴롭다며 풀이 죽어 있는 모습이 안쓰러웠다. 책을 읽을 수 없는 고통이라는 말은 내게도 깊이 와닿았다. "그건 힘든 일이겠네요…" 하고 위로도 되지 않는 말을 건네자, 그는 "그런데 네가 그린 조카 가족의 푸념 만화(《맹렬! 이탈리아 가족》*)도 볼 수 없게 돼서 정말 아쉽구나" 하며 장난기 어린 웃음을 지었다. 늘 보던 알레시오의 얼굴이었다. "그런 풍자만화를 그릴 용기가 있었다니!" 비꼼인지 칭찬인지 알 수 없는 말에, "괜찮잖아, 마리가 그걸로 마음이 가벼워졌다면. 이문화권 가족을 가진다는 건 힘든 일이니까" 하고 백발을 뒤로 묶은 파트너 리가 대답했다. 독일 출신의 도예가인 리는 알레시오와 결혼은 하

* ヤマザキ マリ,『モ—レツ！ イタリア家族』, 講談社, 2006.

지 않은 채 50년 가까이 함께 살아왔다.

도예가 집안에서 태어난 알레시오는 전쟁 전과 후 내내 세 형제와 함께 비첸차 교외의 아버지 공방에서 장인으로 일했는데, 1950년대 후반부터는 신진 도예가로서 주목을 받기 시작했다. 한편 형 마르코는 아버지의 공방을 이어받지 않고 도자기 비즈니스에 종사했는데, 예술가의 길을 걸으며 국내외에서 찬사를 받게 된 동생에 대한 질투에서 평생 벗어나지 못했다.

마르코의 질투는 동생의 재능뿐 아니라 리라는 젊은 여성 도예가와의 금단의 사랑에도 향했던 듯하다. 젊은 시절부터 잘생기고 바람기가 있던 마르코는 아이들이 아직 어릴 때 아내에게 이혼을 당한 뒤, 수많은 여성과 만나고 헤어지는 것을 반복했지만 특정한 누군가와 함께하지는 않았다. 그러나 자신과 비슷한 경험을 했을 법한 동생에게는, 단순히 여성 이상의 존재로서 인간적으로나 표현자로서 자극을 주는 리라는 존재가 있었다. 그것 또한 마르코가 분하게 생각하는 요인 중 하나였다.

마르코는 떠들썩한 사람이었고 고독을 잘 견디지 못하는 사람이기도 했다. 결국 알레시오와의 관계를 회복하지 못한 채 세상을 떠났고, 알레시오도 마르코 이야기를 하는 일은 거의 없었다.

알레시오와 리의 숲속 생활은 문명의 편리함과는 거리가 멀었지

Alessio Tasca e Lee Babel

만, 그것은 세상의 시간 흐름에 압박받으며 살고 싶지 않다는 두 사람의 의지에 따른 것이었다. 리는 빵도 직접 구웠고, 식사도 텃밭에서 기른 채소로 요리해 자신들이 만든 도기에 담아 먹었다. 궁극의 로하스*라 할 수도 있겠지만, 병세가 악화한 알레시오에게 영양가 있는 음식을 먹이지 않은 것, 그리고 서둘러 병원에 데려가지 않은 것 때문에 리는 친족들에게 거센 비난을 받았다고 한다.

리는 예전에 내게 "알레시오와 함께하게 된 건 표현자로서 기분 좋은 자극이 필요했기 때문이야. 너도 화가니까 알겠지?"라고 말한 적이 있었다. "하지만 그런 태도는, 아직도 여성이 남성을 뒷받침해야 한다는 풍조가 남아 있는 이탈리아에서는 좀처럼 받아들여지지 않아. 이탈리아는 그런 점에서 뒤처져 있거든"이라고도 했다.

알레시오에 관한 단편 다큐멘터리에서는 중간부터 리의 목소리가 내레이션으로 더해진다. 영상 속에서 한결같이 흙과 마주하는 알레시오의 모습을 바라보면서, 자신도 작품을 만들며 때로는 그의 재능에 질투를 느껴 괴로웠다는 리의 말에는 누군가의 동조나 이해를 구하는 것이 아닌 한결같은 사랑과 존경이 담겨 있었다.

---

* LOHAS(Lifestyles of Health and Sustainability). 건강한 삶과 환경 보존을 추구하는 생활 방식, 또는 그것을 실천하는 사람들.

하루 씨의 엽서

1970년대 중반, 어머니가 비올라 연주자로 소속되어 있던 삿포로 교향악단은 해외와 국내, 그리고 본거지인 홋카이도 내에서도 활발히 연주 활동을 하고 있었다. 큰 홀조차 없는 곳에서도 학교 체육관이나 야외에서 콘서트를 열 정도였으니, 클래식 음악의 라이브 연주와는 인연이 없던 지역에서 문화 개척 사업을 한 것이라고 해도 어색하지 않았다.

그리고 그런 연주 여행이 늘어날수록, 나와 여동생이 집을 지키는 횟수도 늘어났다. 고도 경제성장이 쇠퇴해가던 그 무렵, 가정을 돌보면서도 생산 활동을 하는 여성이 드물지 않은 시대로 접어들고 있었지만, 어머니의 경우는 음악이라는 특수한 직업을 가진 싱글맘이었고, 이미 이혼한 남편의 어머니와 함께 살고 있다는 사실 때문에도 당시 우리가 살던 주택단지 주변에서는 더욱 이질적으로 비쳤다.

　연주자라는 직업의 선택과 도쿄에서 홋카이도로의 이주를 결심한 어머니의 뜻을 이해해 준 첫 번째 배우자는 결혼한 지 얼마 되지 않아 세상을 떠났고, 그 뒤 재혼한 남성도 해외 생활이 길어 결국 그 결혼도 오래가지 못했다. 파격적인 삶의 방식에 대한 주위의 호기심 어린 간섭도 개의치 않고, 세간의 체면 따위는 전혀 의식하지 않는 어머니의 천진난만한 밝음은, 한때 좋은 집안에서 자란 흔적이기도 했다. 하지만 때로는 의지할 사람이 없어 외로움을 느끼기도 했을 것이다. 우리 자매가 밤에 둘이서만 목욕탕에 가거나 장을 보러 가는 모습을 본 단지 주민이 "유괴라도 당하면 어쩌려고!" 하고 크게 꾸짖은 적도 있었다고 한다. 그런 때, 이혼한 남편의 어머니인 하루 씨는 어머니의 든든한 뒷배가 되어주었다. 어머니가 남편과 헤어지고도 시어머니와 함께 살기를 원했던 것은, 한 여성으로서 한 인간으로서 하루 씨를 진심으로 존경했기 때문일 것이다.

　하루 씨에 대해서는 그간 여러 번 글로 썼고 내 자전적 만화에도 등장하지만, 내가 아는 정보는 많지 않다. 사할린 출신이라는 것, 백계 러시아인의 피가 섞여 있다는 것, 남편과 사별한 뒤 홋카이도로 건너와 싱글맘으로서 홀로 아이를 키워냈다는 것. 어머니보다 훨씬 이전 시대에, 아는 사람 하나 없는 홋카이도라는 땅에 와서 누

구에게도 의지하지 않고 자기 힘으로 살아낸 하루 씨의 자세에 어머니는 틀림없이 강한 공감을 느꼈을 것이다.

결혼은 했지만 대형 건축회사의 전속 통역이라는 직업 특성상 해외 근무가 잦아 좀처럼 만날 수 없던 하루 씨의 아들과 이혼을 결심한 어머니는, 머물 곳 없는 하루 씨에게는 계속 함께 살자고 권했다. 나와 여동생이 보육원이나 초등학교 저학년이던 시절, 운동회나 학예회 때 찍은 부모들과의 단체 사진에는 어머니가 아니라 기모노를 입은 이국적인 얼굴의 하루 씨가 찍히는 경우가 많았다.

오케스트라 활동이 점점 더 바빠질수록, 완전히 정이 든 하루 씨와의 동거는 우리에게도 어머니에게도 고마운 일이었다.

그러던 어느 고요한 겨울날, 하루 씨는 편지를 남기고 자취를 감췄다. 이제는 가족이 아닌 입장에서 함께 사는 것이 미안하고, 세상 사람들로부터 이런저런 말을 들을 수도 있다, 그러니 앞으로는 어떻게든 혼자 살아가겠다, 이런 내용의 편지였던 듯하다. 그러나 어머니는 "하루 씨가 그렇게 정했다면 어쩔 수 없지"라며, 하루 씨의 행방을 걱정하는 우리 자매와 달리 뜻밖의 그 결말을 담담히 받아들였다.

그로부터 반년쯤 지났을 무렵, 여름방학이 한창일 때 하루 씨에게서 엽서 한 장이 도착했다. 어머니는 그것을 읽자마자 안색이 변하더니 우리 두 딸을 차에 태우고는 이와미자와(岩見沢)라는 도시의 작은 연립주택에 세 들어 살고 있던 하루 씨를 데리러 가자고 했다. 엽서에는 짧은 근황과 함께 "다시 여러분과 함께 살고 싶습니다"라는 한마디가 적혀 있었다. 한자가 거의 없고 비뚤비뚤한 글씨는 어린 마음에도 애잔하게 느껴졌지만, 어머니로서는 꿋꿋이 홀로 인생을 걸어온 하루 씨의 약한 목소리에 가만히 있을 수 없었던 것이다. 하루 씨는 암을 앓다가 그 이듬해에 세상을 떠났지만, 그때까지 다시 우리와 함께 단지에서 살았다. 하루 씨의 임종을 지킨 것도 어머니였다. 병원에 입원해 있던 하루 씨는 우리 얼굴은 알아보지 못했지만, 어머니만은 알아본 듯 "료코 씨, 고마워요" 하고 희미하게 말했다. 어머니는 "저야말로"라며, 마디 굵고 주름진 손을 꼭 잡았다.

지금도 새파란 하늘이 시야 끝까지 펼쳐진 여름 홋카이도의 길 위에서, 이와미자와를 향해 핸들을 잡은 어머니의 시선 앞에 어디까지 가도 따라잡을 수 없는 신기루가 떠올라 있던 광경을 선명히 기억한다. 세상 사람들의 체면이나 상식 너머에, 가지 않으면 만날 수 없는 둘도 없이 소중한 사람이 있다는 사실을 나는 그때 알게 된 것 같다.

파도바의 잡화점

　언뜻 보기에는 무엇을 파는 가게인지 잘 알 수 없었다. 먼지가 쌓인 진열장에는 신발 끈이나 면도용 거품, 개 목줄 같은 상품들이 마치 내던져진 듯 어수선하게 놓여 있어, 가게의 무뚝뚝한 인상을 한층 두드러지게 하고 있었다. 어디서 어떻게 보아도 장사를 하겠다는 기운은 느껴지지 않았다. 그런데도 파도바 중심지에 사는 사람들이 무언가 필요할 때 가장 먼저 떠올리는 곳은 바로 그 잡화점이었다.

　가게 주인은 이미 한참 전에 은퇴할 나이를 지난 듯한 노인이었고, 원하는 것을 전하려면 큰 소리로 분명히 말해줘야 알아들을 수 있었다. 하지만 노령이라는 것을 배려하는 듯한 태도를 보이면 기분 나빠하는 아주 까다로운 사람이었다.

　가게는 도시 중심에 있는 큰 광장에 면해 있었다. 그 가게에서 살 수 있는 물건은 솔직히 슈퍼마켓에서도 쉽게 구할 수 있는 것들이었다. 하지만 식료품이든 무엇이든 가족 대대로 단골 소매점에서 조달하는 것을 좋아하는 이탈리아인이 적지 않았다. 단골 가게라면 점원에게 직접 상품 설명을 들을 수 있고, 불량품이라면 정면으로 불평을 전할 수도 있다. 그리고 그 기회에 그곳에 모인 다른 손님들과 잠시 수다를 떠는 즐거움도 있었다. 오전이 되면 광장에는 노천 시장이 서고, 신선한 과일과 채소를 사러 온 파도바 시민들로 붐볐지만, 그들에게 이 오래된 잡화점은 여전히 쓸모 있는 곳이었다.

가게 안에 들어서면, 머리빗이나 색이 바랜 비누 상자가 놓인 유리 선반 위에 신문을 펼쳐두고 보던 주인은 귀찮다는 듯한 표정으로 얼굴을 들었고, 무언가를 부탁하면 말없이 가게 안쪽으로 들어가 그 물건을 꺼내왔다. 먼지가 쌓여 있으면 후후 입김을 불어 털어내고는, 봉투에도 넣지 않은 채 손님에게 건넨 후 묵묵히 계산을 했다. 예전에 작은 펜치를 사러 들어갔을 때, 두 종류를 내밀기에 "어느 쪽을 추천하시나요?" 하고 물어보니, "몰라, 다 똑같아"라고 퉁명스럽게 대답을 했다. "저래서야 물건 팔아 생계를 유지하는 사람의 태도라고 할 수 있나"라며, 주인이 가게 안으로 사라진 순간 옆에 있던 나이 든 여성 손님이 귓속말을 했다. 하지만 그녀는 입가에 미소를 띠며 '그래도 그게 좋은 점이긴 하지'라고 말하고 싶은 듯한

표정이었다.

　내 남편은 이 가게 주인을 어려워했지만, 여기서 파는 물건을 굳이 슈퍼에서 사는 일은 없었다. 주인의 태도가 아무리 불손해도, 그는 사고자 하는 물건이 이 가게에 있으면 가능한 한 여기서 샀다.

폐점 소식을 들은 것도 남편을 통해서였다. 집에 대대로 내려온 오래된 테이블에서 벌레 먹은 자국을 발견하고, 황급히 벌레 제거 약을 사러 그 잡화점에 갔더니, 주인이 가게를 팔고 자신도 장사를 그만둔다는 말을 직접 했다는 것이다. 이유까지는 묻지 못했지만, 적어도 젊은 세대는 슈퍼마켓에서 실 수 있는 물건을, 손님을 존중하는 기색도 없는 무뚝뚝한 노인의 가게에까지 일부러 사러 가지는 않을 터였다.

폐점 소식을 알게 된 우리는 쓸쓸한 허전함에 사로잡혔다. 파도바 시내에서 사라져간 옛 가게들은 수도 없이 많지만, 드디어 그곳마저, 하는 아쉬움은 쉽게 가시지 않았다. 애초에 파도바라는 도시는 베네치아나 피렌체처럼 관광으로 먹고사는 도시가 아니었기에, 소매업자들은 가게의 외양이나 인상에 신경 쓰지 않고, 예전부터의 단골이 가끔 찾아와 주면 그것으로 충분했다. 그러나 이탈리아의 경제 사정은 이제 그런 여유 있는 장사를 더는 허락하지 않는 상황에 이르렀다.

그 며칠 뒤 우연히 가게 앞을 지나다 보니, 주인이 평소답지 않게 문밖에 나와 맑게 갠 하늘을 올려다보고 있었다. 그런 후, 그곳에서 이야기를 나누던 두 젊은 여성의 유모차 안을 들여다보며 아기에게 무언가 속삭였다. 무슨 말을 했는지는 알 수 없었지만, 안경

테 옆 얼굴에는 잔잔한 웃음 주름이 가득 새겨져 있었다. 주인의 웃는 얼굴을 본 것이 처음이었지만, 의외라는 생각은 들지 않았다. 그의 무뚝뚝함 너머에 그런 표정이 있다는 것을, 나뿐 아니라 그와 접해온 손님들 모두가 알고 있었기 때문이다.

지금 그 잡화점은 완전히 개조되어 옛 모습은 사라지고, 여성용 액세서리를 파는 체인점이 되었다. 어수선한 상품들과 먼지투성이, 그리고 손님에게 미소 한번 보이지 않던 귀가 어두운 주인. '투박함'이라는 최고의 애교를 접할 수 있었던 그 시절이 지금은 말할 수 없이 그립다.

코끼리 모양 재떨이

쿠바 본섬 바로 곁을 지나는 허리케인의 영향으로, 유리조차 끼워져 있지 않은 방 창문으로는 짐승의 울부짖음 같은 소리와 함께 거센 바람이 몰아쳤다. 그러나 내 침낭 옆에 놓인 싱글 침대 위에서는 세 아이가 고요하고 편안한 숨결을 내쉬며 곤히 자고 있었다. 전날 밤에는 계획 정전이 평소보다 일찍 시작되어, 밖이 더 밝다며 집 안에 있던 가족 모두가 근처 광장으로 나가, 역시 같은 이유로 모여든 이웃들과 늦은 시간까지 이야기를 나누고 음악을 연주하며 춤을 추었다. 아이들도 뛰어다니며 놀았는데, 아마도 너무 신나게 놀아 곯아떨어진 것이리라.

소련 붕괴로부터 2년째, 당시 중남미에서 유일한 사회주의 체제 국가였던 쿠바는 미국 등으로부터 경제 제재를 받아 곤궁에 처해 있었다. 매일 실시되는 계획 정전도 비축해둔 에너지를 유지하기

위한 정책이었지만, 물자 수입마저 끊겨 건전지나 양초 같은 대체
품을 구할 수도 없었다. 아바나의 초등학교에 공책과 연필을 전달
하고 연료 부족으로 멈춰 선 중장비를 대신해 사탕수수를 수확하
는 자원봉사가 목적이었던 나는, 당시 살고 있던 이탈리아에서 쿠

바로 와 시내에 있는 15인 가족의 집에 얹혀살고 있었다.

공무원직에서 은퇴한 가장은 늘 발코니의 낡은 의자에 앉아 온종일 신문이나 책을 읽으며 지냈다. 전직 교사였던 아내는 근육질의 몸에 튀어 오를 듯한 활력을 지닌 여성이었는데, 집에 함께 사는 세 명의 며느리와 이혼하고 돌아온 딸과 함께 배급으로 얻을 수 있는 얼마 안 되는 식재료를 활용해 여러 가지 요리를 만들어냈다. 쓸 만한 접시가 집에 세 개뿐이라, 15명이 식사하려면 다섯 차례로 나눠야 했다. 부족한 것은 접시만이 아니었다. 화장실에는 변기 시트가 없었고, 샤워기는 헤드조차 없는 허술한 비닐 호스로 대신했다.

"그래도 지붕과 벽이 있는 집에 모두 함께 살 수 있는 것만으로도 행복한 거야." 혁명 전의 쿠바를 아는 가장은 마디 굵은 손가락으로 집어 든 시가를 조금씩 태우며 그렇게 중얼거렸다. 문맹률은 거의 제로에 가까웠다. 쿠바에서는 시골 노인조차 아름다운 필기체로 글씨를 썼다. 의료와 교육에는 돈이 들지 않았다. "예전에는 작은 병으로도 사람이 죽었지만, 지금은 우리의 목숨이 확실히 존중받고 있어." 국가의 공무원이었던 사람답게, 그의 말에는 지금의 쓸쓸함을 떨쳐내려는 기세가 있었지만, 숙인 얼굴에는 근심이 섞여 있었다.

어느 날 저녁, 발코니에서 아이들과 그림을 그리며 놀다가 문득 옆 테이블 위의 재떨이에 눈길이 갔다. 코끼리 모양의 귀여운 도자기 재떨이였는데, 가장이 시가를 피울 때 사용하는 것이었다. 삭막한 집 안에서 색깔이며 형태며 유난히 눈에 띄는 물건이었다. "이거 예쁘네요" 하고 발코니로 나온 부인에게 말하자, 그녀는 "남편과 신혼여행 갔을 때 산티아고에서 산 거예요. 어째선지 그것만은 깨지지 않고 남아 있네요"라며 사랑스러운 눈길을 재떨이에 두고 미소를 지었다.

이야기를 나누는 사이, 가족 중에서 유일하게 아프리카계인 다섯 살쯤 된 소년이 다가와 내 무릎에 앉았다. 붙임성 좋은 그 아이는 장남의 두 번째 아내가 데려온 아이였는데, 혈연이 아니라는 사실을 누구도 개의치 않는 듯했다. 내 무릎에 앉은 채, 이미 다 먹어버린 이탈리아제 초콜릿의 포장지를 셔츠 주머니에서 꺼내더니, 남아 있는 향을 힘껏 들이마셨다. 내 코에도 대주며 "맛있는 냄새가 나니까 맡아봐요" 하며 얼굴 가득 웃음을 지었고, 이어 "할아버지도 자, 여기"라며 가장의 코앞에도 구겨진 종이를 들이밀었다. 가장은 과장된 몸짓으로 코에 대고 냄새를 맡더니 "아, 냄새 좋구나" 하고 웃어 보였다.

귀국하는 날, 공항 로비에서 누군가 부르는 소리에 돌아보니, 아침에 헤어졌던 장녀가 아이들과 함께 달려오고 있었다. 내 앞에 멈쳐 서서 숨을 고르더니 "별건 아니지만, 이걸 쿠바와 우리들의 추억으로 드리래요, 엄마 아빠가요"라며 신문지에 싼 것을 내 두 손에 쥐여주었다. "하지만 부끄러우니까 비행기 안에 들어가서 열어봐 달래요."

다시 아이들과 뜨겁게 포옹하고 손을 흔들며 작별한 뒤 비행기에 올랐다. 이륙한 후 한참이 지나서야 신문지를 풀어보았다. 그 안에서 나온 것은 바로 그 코끼리 모양의 재떨이였다. 깨끗이 씻겨 있었지만, 여기저기에 가장이 피우던 시가의 그을음 자국이 남아 있었다. 나는 좁은 좌석에 앉은 채 몸을 웅크리고, 한동안 아무에게도 들키지 않으려 애쓰며 조용히 눈물을 흘렸다.

시칠리아인 일가

비아 볼로네제는 피렌체와 롬바르디아주의 주도 볼로냐를 잇는 오래된 가도였다. 피렌체 르네상스를 후원한 메디치 가문의 출신지도 사실은 이 길을 북쪽으로 한참 올라간 산간에 있었고, 한때는 북부와 피렌체를 연결하는 길로서 수많은 사람과 문화가 오갔을 터였다. 그러나 그런 중요한 역사적 배경을 느끼기 어려울 만큼 도로 폭이 좁았다. 앞으로 나아갈수록 산길답게 굽이굽이 이어졌으며, 역사 있는 길로서 행정상 특별 대우를 받는 기색도 없었다. 피렌체 쪽에 몇몇 유서 깊은 저택이 있긴 했지만, 지금은 길가의 작은 마을이나 도시에 사는 사람들이 일상적으로 이용하는, 눈에 띄지 않는 국도의 하나에 불과했다.

학생이던 나와 당시 동거하던 시인이 그 가도 옆의 작은 마을로 이사하게 된 것은, 피렌체 도심의 집세를 도저히 감당할 수 없기 때문이었다. 고물 중고차를 사서 피렌체와 작은 마을을 매일 오간다 해도, 피렌체의 같은 크기 집세보다 훨씬 저렴했다. 인구가 너무 적어 큰 교회도, 이탈리아 마을의 특징인 광장도 없는 길가의 한적한 마을이었다. 하지만 친구나 지인의 집에 꺼림칙한 마음으로 얹혀사는 것에 비하면 대수로운 문제도 아니었다.

세든 방은 전후에 지어진 어정쩡하게 낡은 건물 2층이었고, 1층에는 마을 남자들이 모이는 살벌한 바가 있었다. 당시만 해도 동양인이 드물었던 탓에, 바깥 테이블에서 카드놀이를 하던 남자들은 내가 그 앞을 지나가면 일제히 게임을 멈추고 마치 외계인을 보는 듯한 눈으로 나를 뚫어지게 쳐다보았다. 작은 공동체에서 '이방인'으로서의 자각을 강요당하는 듯한 숨 막히는 순간이었다.

우리 위층에는 역시 '이방인'인 시칠리아 출신의 소박한 이민 가족이 살고 있었는데, 집에 부족한 것을 빌려 쓰다 보니 자주 식사에 초대받게 되었다. 이방인인 우리를 같은 이방인의 처지로서 챙겨주려는 마음이었을 것이다. 시인도 나도 그들의 호의를 고맙게 받아들였다. 특히 부인이 제일 잘하는 피자를 구울 때면 반드시 불러주었다. 도우가 두툼한 피자였는데, 부인은 그것이 시칠리아식의 진수라고 했다. 그리고 도우가 두툼한 미국식 피자도 본래 시칠리아 이민자들이 퍼뜨린 것이라고 했다. 미국으로 이민을 간 조부모의

자손들은 이탈리아어는 할 줄 몰라도 집에서 피자만큼은 이것과 똑같은 방식으로 굽고 있다고 자랑스럽게 이야기해주었다.

그 집 현관에는 1미터가량 높이의 대리석 마리아상이 놓여 있었다. 석공인 가장의 작품이었다. 그는 한때 친척의 연줄로 미국에 건너갔으나 적응하지 못해 시칠리아로 돌아왔고, 일자리를 찾지 못해 20년 전 토스카나로 이주했다고 했다.

"이 마리아는 손님이 의뢰한 무덤 장식용이었는데, 대금을 치르지 않아 건네지 않고 여기에 이렇게 장식해두게 된 겁니다." 시칠리아 사투리가 섞인 이탈리아어로 조용히 중얼거린 그는, 내가 아무리 그 조각품을 칭찬해도 "아니에요, 그저 보잘것없는 장인의 솜씨일 뿐입니다"라며 작은 몸을 굽히고 부끄러워할 뿐이었다. 미국 사회에 적응하지 못했다는 부인의 이야기가 순순히 납득되었다. 그러나 이 마리아상은 피렌체 아카데미의 선생님이 조각한 작품보다 훨씬 근사합니다, 라고 말하자, 주인은 그때까지 가만히 숙이고 있던 얼굴을 들어 체념한 듯이 나를 바라보았다.

"아시다시피" 하고 말을 멈추더니, "미켈란젤로도 고대 로마 조각을 보고 다비드와 피에타를 만들었지요. 제 고향은 한때 그리스의 식민지였으니, 어릴 적부터 출토되는 고대의 훌륭한 조각들을 얼마든지 봐왔습니다"라고 말을 이었다. 그리고 다시 시선을 떨구

며 "결국은 역사가 제 스승이었지요"라고 한마디 중얼거렸다.

그 말에는, 나의 뻔한 칭찬 따위는 단번에 떨쳐내는 숭고한 자부심이 넘쳐 있었다. 이탈리아에 살면서 처음으로, 르네상스의 정신을 계승한 표현자를 만난 듯 가슴이 벅찼다. 옆의 시인도 자기도 모르게 입을 다물고 있었다.

이듬해 우리는 피렌체에서 저렴한 아파트를 찾아 이사를 하게되었고, 그 가족과의 교류도 끊어지고 말았다. 그러나 그 뒤 어떤 예술가를 만나도, 그 시칠리아 석공 장인에게서 느꼈던 것 같은 압도적인 경외심이 내 안에 다시 싹튼 적은 없었다.

리스본의 학교와 구멍 난 양말

리스본에서 살기로 정한 집은 당시에 이미 지어진 지 80년 된 건물이었다. 더 찾으면 덜 오래된 매물도 있었겠지만, 걸어서 5분 거리에 아들이 다니게 될 초·중학교가 있다는 점이 가장 큰 결정 요인이었다. 포르투갈이라는 떨어진 곳에서 우리 가족에게 사회와 가족의 거리가 막히지 않는 것은 중요한 생활 조건 중 하나였고, 그곳 초등학교에서는 등하교 시 보호자의 동행이 의무였으므로 그런 의미에서도 학교와 집이 가까이에 있는 것은 고마운 일이었다.

이사를 마치고 아들이 근처의 현지 학교에 편입한 첫날, 하교 시간에 교문 앞에서 기다리고 있는데, 두 손을 배에 대고 괴로운 얼굴로 건물에서 나오는 아들의 모습이 보였다. 무슨 일이냐고 물으니 "덩치 큰 아이가 갑자기 걷어찼다"는 것이다. 자초지종을 들어보니, 점심시간에 심심해서 종이접기로 스페이스 셔틀을 만들고 있었더니 반 아이들이 몰려와 떠들썩해졌는데, 인원수만큼 만들 수 없었던 탓에 그 앙갚음을 당한 것 같다는 이야기였다. 확실히 반의 보스로 군림하는 아이에게 외국인 새내기는 거슬리는 요인이었을 것이다. 그렇다 해도 느닷없이 내 아이의 배를 걷어찬 아이에 대한 분노는 가라앉지 않았고, 다음 날 아들을 학교에 데려다주며 "혼내줄 테니 누군지 알려줘"라고 했더니, 아들은 "제발 부탁이니까 내 문제를 더이상 키우지 말아줘"라며 막았다. 하는 수 없이 담임 교사에게 가서 앞으로 이런 일이 또 있으면 곤란하니 그 아이의 부모와 이야기하고 싶다고 전했다. 교사는 난처한 얼굴로 "그 아이 아버지는 지금 복역 중이고, 어머니도 일하느라 낮에는 보호자가 집에 없습니다. 학교에서도 손을 쓰기 어려운 유급 2년째의 문제아예요. 형제가 여섯이나 돼서, 그 아이에게는 동급생을 걷어차거나 때리는 게 일상다반사입니다…"라며 제대로 관리를 못 해 죄송하다고 사과했다. 그 사정을 듣자 내 분노도 맥이 풀리고 말았다.

실은 이사를 한 직후에, 같은 아파트 주민으로부터 가능하면 아이를 공립학교에 보내지 않는 게 좋을 거라는 조언을 들었다. 그 사람이 자기 딸이 다니는 곳이라며 수도회가 운영하는 훌륭한 사립학교를 소개해주어 우리는 면접까지 갔었다. 그런데, 옛 식민지였던 나라들에서 많은 이주민을 받아들이는 포르투갈의 학교임에도 불구하고 그곳 학생들은 전원 백인이었다. 그 사실이 납득되지 않아 결국 우리 부부는 아이를 공립학교에 보내기로 했던 것인데, 이번 아들의 사건을 통해 포르투갈의 냉혹한 일면을 엿본 듯한 기분이 들었다.

그런데 아들은 의외로 금세 털고 일어섰다. 종이접기 덕분에 친구도 생겼고, 문제아도 담임에게 주의를 받은 뒤로는 아이를 더이상 괴롭히지 않았다고 한다. 무엇보다 무슨 일이 있으면 곧장 달려갈 수 있을 만큼 집이 가까이에 있다는 안도감도 컸을 것이다.

그해 10월, 나는 그때까지 한 번도 해본 적 없는 아들의 생일파티를 기획해 반 친구들을 초대했다. 처음에는 몇 명이나 올까 싶었는데, 연이어 초인종이 울리더니 어느새 반 아이들 대부분이 모였다. 아이들은 현관을 들어서자마자 복도에 줄지어 놓인 우리 가족의 외출용 신발들을 보고는, 곧바로 자기들 신발을 벗기 시작했다.

"괜찮아, 이건 일본인 풍습이니까 다들 신발 신고 들어와도 돼"라고 말했지만, "괜찮습니다, 세뇨라"라며 모두 벗은 신발을 가지런히 정리해 두었다. 대항해 시대에 온갖 나라와 교류했던 선조들의 DNA 덕분일까, 그들의 타 문화에 대한 유연한 적응력은 하나하나 감동적이었다.

아이들이 너무 떠들썩하게 놀아 아파트 바닥이 꺼지지 않을까

걱정하던 중, 한때 델스의 배를 걷어찼던 문제아 소년이 찾아왔다. 나는 델스를 흘끗 보았지만, 전혀 개의치 않는 모습이었다. 소년은 "초대해주셔서 감사합니다, 세뇨라"라며 정중히 인사하고 현관을 들어서더니, 역시 신발을 벗어 먼지투성이 신발을 가지런히 놓았다. 그의 양말 뒤꿈치와 엄지발가락 부분에는 큰 구멍이 뚫려 있었다. 그러나 그는 아랑곳하지 않고 아이들이 몰려 있는 테이블로 다가가, 놓여 있는 과자를 행복한 표정으로 맛있게 먹기 시작했다. 아이들은 저녁 무렵까지 신나게 놀고, 신발을 다시 신고 각자의 집으로 돌아갔다. 발코니에서 아이들을 배웅하던 나는 돌길 위를 성큼성큼 걸어 많은 형제가 기다리는 집으로 돌아가는 문제아의 뒷모습을 석양빛 속에서 보았다.

며칠 전 우연히 아들과 그 소년 이야기를 하게 되어 "지금은 어떻게 지낼까?" 하고 중얼거리자, 아들은 곧바로 "지금은 두 아이의 아버지야"라고 알려주었다. 인터넷을 통해서나마 여전히 관계가 이어지고 있다는 사실에 놀라자, 아들은 휴대폰으로 SNS에 올라온 그의 사진을 내게 보여주었다. 수염이 나고 제법 관록이 붙었지만, 어딘가 장난기 많던 소년 시절의 모습이 남아 있었다. 귀엽게 웃는 어린 두 딸을 무릎에 안고 쑥스러운 듯 미소 짓고 있었다.

파도바의 집 – 후기를 대신하여

　나와 남편이 파도바에서 살고 있는 집은, 이 도시가 한때 베네치아 공화국의 지배를 받던 시절에 지어진 것으로, 지어진 지 450년이 넘었다. 근사한 들보가 있는 천장까지의 높이는 4미터에 가깝고, 중앙에는 무도회도 열 수 있을 만큼 큰 거실이 있다. 그리고 그 좌우에는 각각 방이 하나씩 놓인 전형적인 베네치아 양식이다.

　그 좌우의 방들 중 하나는 남편의 작업실이고 다른 하나는 나의 작업실이지만, 전체 면적이 200제곱미터가 넘는 넓이에도 불구하고 방 수가 적어 손님을 묵게 할 구조는 아니었다. 아들이 올 때면 넓은 거실 한쪽 구석의 소파를 침대로 쓰게 하지만, 공간이 너무 커서 마음이 가라앉지 않는다고 해서 칸막이를 세워 쓰기로 했다. 일본의 경우 이 정도 넓이라면 3LDK* 맨션 두 채는 들어설 수 있을 것이다. 하지만 이탈리아에서는 이렇게 오래된 집은 역사적 건조물로 취급되어 리노베이션은 하지 않고, 설령 불편하더라도 오랜 세월 사람들의 삶을 품어온 집에 대한 존중으로, 거주자가 과거의 양식에 맞추는 게 관행이다.

애초에 우리가 빌려 사는 이 집은 4층짜리 큰 저택의 일부로, 지금도 한 일가의 3대가 층을 나누어 살고 있다. 우리 아래층에는 집주인인 노부인이 혼자 살고 있는데, 이 집은 본래 그녀의 남편 집안이 대대로 소유해온 것이라고 한다.

베네치아의 유명한 상인 집안에서 자란 그녀는 소녀 시절을 스위스 학교에서 보내고, 제2차 세계대전 후 가족의 결정에 따라 파도바의 명문가 출신 남성에게 시집왔다. 그 남편과의 사이에 세 아이를 두었고, 그중 둘은 지금도 이 저택 안에서 각자의 가족과 함께 살고 있지만, 부모와 자식 사이는 좋다고 할 수 없었다. 나와 같은 또래의 딸이 사는 위층에서는 어머니와 말다툼하는 히스테릭한 목소리가 들려오기도 했다.

노부인에 따르면, 정부 어느 관료의 전속 변호사였던 남편과는 결혼 초부터 사이가 좋지 않아 일찍부터 사실상 가정 내 별거 상태였다고 한다. 부모의 불화는 당연히 같은 지붕 아래에 사는 아이들

• 3개의 방과 1개의 거실 겸 다이닝 키친으로 구성된 집.

에게도 짐이 되었을 것이다. 부인은 어떻게든 스스로 정신적 건강을 보충하려고 온갖 방법을 시도했고, 결국 스위스 유학 시절에 익힌 등산에 대한 열정으로 이탈리아 북부와 이어진 알프스산맥 동부의 산들로 향하게 되었다. 그리하여 시간이 나면 아이들을 데리고, 혹은 혼자 파도바를 떠나 산에 오르곤 했다. 그런 세월이 수십 년 이어지던 어느 날, 혼자 돌로미테 산괴를 오르던 중 한 지질학자를 알게 되었다. 그는 이탈리아인으로 처음으로 K2 등정에 성공한 그룹의 일원이자 파도바대학의 강단에 서던 지질학자였다. 두 사람은 의기투합했고, 이후 시간이 허락하는 한 함께 산에 오르게 되었다. 부인은, 남편과 달리 관대하고 넓은 세계로 향한 시야를 가진 이 지질학자에게 진심으로 끌리게 되어, 이 사람과 함께 있을 수 있다면 얼마든지 오래 살고 싶다는 생각까지 했다고 한다.

그러나 양쪽 모두 기혼자였고, 가톨릭 윤리로 성립된 사회에서 두 사람의 관계는 용납되기 어려운 것이었다. 당시 이탈리아에서는 특별한 이유가 아니면 이혼은 사회적으로 인정되지 않았고, 그럼에도 결단한다면 평생 사회의 곱지 않은 시선을 각오해야 했다. 그러나 부인은 그런 조건을 감안하고도 감정을 억누를 수 없어 남편에게 이혼을 제안했다. "그로 인해 모든 것이 무너진다 해도, 본심을 숨긴 채 살아가는 것보다는 낫다고 생각했다"는 것이다. 물론 그녀의 고백은 모두에게 충격이었고, 그런 일방적인 요구는 쉽게 용서될 수 없었으며, 아이들을 포함한 일가 전체가 대혼란에 빠졌다. 부인은 가족과 친족뿐만 아니라, 아이들에게서도 노골적인 경멸을 받았다. 지금도 같은 지붕 아래 살면서도 가족끼리 사이가 나쁜 것은 그런 과거의 사건에 기인한다.

그 후 어떤 우여곡절이 있었는지는 내가 자세히 듣지 못해 알 수 없다. 다만 우리가 이 집에 이사 온 해에, 긴 투병 끝에 그녀의 집에서 관에 누워 있던 이는 남편이 아니라 지질학자였다.

변호사였던 남편은 이미 여러 해 전 세상을 떠났다고 하지만, 딸의 말에 따르면 지질학자는 자신의 이혼이 성립된 직후, 아직 아버지가 살아 있을 때 이 집으로 이사를 와서 함께 살았다고 한다. 즉, 결국 부인의 남편은 아내와 그 연인이 함께 사는 것을 인정한 셈이다. 내가 의아한 얼굴을 하자 딸은 "이 집안은 엄마도 아빠도 다 미친 거예요"라며 깊은 한숨을 내쉬었다.

지질학자의 장례식이 열린 대성당에서는 파도바대학의 교원들과 옛 제자들이 모여 K2의 첫 등정을 포함해 지질학 역사에 큰 업적을 남긴 인물의 죽음을 애도했다. 그 속에서 부인은 큰 선글라스로 표정을 가린 채 예배당 맨 앞자리에 등을 꼿꼿이 세운 자세로 홀로 앉아 똑바로 관을 바라보고 있었다. 그녀의 모습에서는 자신이 쌓아온 인생에 대해 누구의 간섭도 일절 받아들이지 않겠다는 압도적인 고고함이 느껴졌다.

지어진 지 500년에 가까운 이 집에서는, 이 부인뿐 아니라 과거의 거주자들에 의해 수많은 인간 드라마가 펼쳐져 왔을 것이다. 모든 시대의 다양한 사건을 지켜본 이 오래된 집에는, 시대와 보조를 맞출 필요 따위는 전혀 없는, 완고하고 강렬한 개성이 봉인되어 있다. 새로운 거주자가 그런 개성과 타협하는 건 쉽지 않지만, 그것은 또한 자기 안에 새로운 상상력을 싹트게 하는 소중한 계기가 된다.

지금까지 세계의 다양한 지역에서 살아오며, 내 안에는 온갖 경험으로 수많은 문이 마련되어 왔다. 그 문 너머에는, 삶의 의미를 모색하며 때로는 환희하고 때로는 슬퍼하고 때로는 막막해하면서도, 그래도 하루하루 계속 걸어가는 사람들로 채색된 세계가 시야 끝까지 펼쳐져 있다.

문 너머의 세계

첫판 1쇄 펴낸날 2025년 12월 10일

지은이 | 야마자키 마리
옮긴이 | 송태욱
펴낸이 | 박남주
편집 | 박헌우
마케팅 | 김이준

펴낸곳 | (주)뮤진트리
출판등록 | 2007년 11월 28일 제2015-000059호
주소 | 서울시 마포구 토정로 135 (상수동) M빌딩
전화 | (02)2676-7117 팩스 | (02)2676-5261
전자우편 | geist6@hanmail.net
홈페이지 | www.mujintree.com

ISBN 979-11-6111-155-1 03830

* 책값은 뒤표지에 있습니다.